Tinieblas para mirar

ALFAGUARA

Tomás Eloy Martínez

Tinieblas para mirar

Tinieblas para mirar

Primera edición: julio de 2014

D. R. © 2014, Herederos de Tomás Eloy Martínez

D. R. © 2014, derechos de edición mundiales en lengua castellana:
Santillana Ediciones Generales, S.A. de C.V., una empresa de
Penguin Random House Grupo Editorial, S.A. de C.V.
Av. Río Mixcoac 274, col. Acacias, C.P. 03240
México, D.F.

www.alfaguara.com/mx

Comentarios sobre la edición y el contenido de este libro a:
megustaleer@penguinrandomhouse.com

Diseño: Proyecto de Enric Satué
Diseño de cubierta: Raquel Cané
Imagen de cubierta: Getty Images

ISBN: 978-607-11-3431-8

Impreso en México / Printed in Mexico

Índice

El presente volumen

Aunque vislumbrado por él poco antes de su muerte, este volumen no es el reflejo de un libro que Tomás Eloy Martínez haya llegado a preparar como tal sino un conjunto de cuentos, crónicas y relatos éditos e inéditos, reunidos por su hijo Ezequiel y acerca de cuyos orígenes se expide él mismo en la "Nota posliminar".

En consecuencia, el orden de los textos aquí incluidos no fue determinado por su autor. Tampoco obedece a la cronología de su escritura ni, en los casos pertinentes, a la de su publicación original, sino a un criterio establecido por los editores, a quienes también cabe la responsabilidad del título del conjunto.

Se han corregido en los originales unas cuantas erratas de tipeado y algunos aspectos de puntuación, cuando ha parecido obvio que no se trataba de decisiones estilísticas del autor.

Y se ha decidido abrir el volumen con el sugestivo texto "Confín", por considerarlo, antes que un relato más, una poderosa e inquietante metáfora de la Argentina, país cuya realidad Tomás Eloy Martínez no se cansó de indagar desde la ficción, el periodismo y el ensayo.

Los editores

Confín

En mi país, nunca terminamos nada. Las casas donde vivimos están revocadas a medias o tienen sólo las armazones de la fachada o están llenas de cuartos sin tapiar que se construyeron para nadie.

Tenemos estaciones, aunque no hemos aprendido a discernirlas. Entre el verano y el otoño o quizás entre el otoño y la primavera, las cosechas se pudren en los campos. Abunda el ganado, pero anda siempre perdido, y sólo unas pocas reses caen por azar en los mataderos. El sabor de lo que no está ha sido siempre nuestro sabor favorito. Los días de la semana son variables: a veces cinco, a veces tres, a veces ocho. Nunca la misma cifra, nunca la certeza de que algo, ni siquiera la arbitraria medida del tiempo, alcanzará la plenitud.

Nos hemos acostumbrado a no saber en qué país estamos ni aun cuando volvemos a nuestra casa. A veces pienso que nos hemos quedado sin país alguno, y que este horizonte vago al que llamo país es para mis compatriotas el patio de la escuela o el gato del vecino o la melancolía de lo que no se puede hacer.

Y sin embargo, de vez en cuando recibimos noticias de que hay un enemigo dispuesto a quitarnos el país o a mudarlo de naturaleza o a reemplazarlo por otro. En esas ocasiones, se oyen balas, nos dicen. Vienen desde rincones que no sabemos ubicar y se ocultan detrás o dentro de cuerpos a los que no prestamos atención. Quién sabe si son balas. Los objetos y los nombres de los objetos se eclipsan a tanta velocidad que da lo mismo llamarlos de cualquier manera.

Cuando esos fenómenos ocurren suele también, por coincidencia, desaparecer un cuerpo. No nos asombra. La lógica enseña que los cuerpos tienen fases como la luna. Si estuvieron alguna vez, estarán siempre. Los cuerpos que no vuelven es porque nunca fueron cuerpos o porque no hay una sola persona que pueda decir: yo los vi ser alguna vez, yo los recuerdo.

Nacemos ya incompletos o con sentidos sobrantes. Cuando nos atascamos en la pelvis, las parteras nos olvidan y se alejan rumbo a otros nacimientos. De pronto, sin que nuestras madres sepan cómo, estamos aquí, careciendo de principio, ya que si lo tuviéramos también tendríamos un fin, y eso no sería posible. ¿Con qué fin lo tendríamos?

Nuestras mujeres desconocen el orgasmo. Los hombres, al menos, eyaculamos en sueños. Pero no hay en eso un fin, no se termina. Soñamos que son criaturas de otros países las que eyaculan por nosotros y, para asegurar la reproducción, solemos dormir con el pene reposando dentro de la vagina de nuestras acompañantes, en posiciones incómodas.

Yo soy el diferente de la familia. Como incurro en la extravagancia de abrazar con los dos brazos y de besar con los dos labios, inspiro, creo, una cierta repulsión. A mi hermano mayor, que tiene dos sentidos de la gravedad, lo aman muchas mujeres. Mi madre, que nació con un labio único, lo ha repartido con todos los hombres que viven a su alrededor, salvo conmigo. Si alguien me ama, no lo sé. Sé lo que doy, pero lo que quisiera recibir siempre se va sin tocarme. Vivo en pareja desde hace tanto tiempo que no recuerdo ya cómo empecé ni si la persona con quien vivo sigue siendo la misma. Eso qué importa. Soy fiel: no a otro ser sino a una sola clase de sentimiento.

Y aun así, yo no soy yo sino a medias. Mi cuerpo ha crecido como el de los fenómenos de circo: normalmente. Lo otro, lo de adentro, nunca terminará de hacerse.

En mi familia, todos están de paso. Aunque jamás se han movido de aquí, sienten que no pertenecen, que su lugar está en cualquier otra parte. Viven enemistados con lo que han llegado a ser o con lo que tienen, e imaginan que tal vez, si se marcharan, verían cosas mejores o ellos mismos se verían mejor. Yo he viajado mucho, en cambio, o estoy viajando todavía, y no he conseguido acomodar mi naturaleza a otro paisaje que no sea este paisaje de lo que no está, de lo que no tengo, de lo que no puedo ser.

Quien más sufre quedándose es mi padre. Tiene una colección enorme de billetes de banco desteñidos y siente tanto apego por ella que si no se ha marchado ya es por no dejarla. Ha nacido con dos o tres tactos, y piensa que en otro país acaso hubiera nacido con más. En verdad, necesita los tactos para vigilar la colección, que aumenta al menor descuido, y que cuanto más aumenta menos vale. Mi padre cree que sus billetes están unidos por un cordón umbilical a todo lo que nos pasa, y jamás cesa de tocarlos. Si su tacto los perdiera o los billetes dejaran de sentir los tactos, las cosas que nos pasan aumentarían infinitamente y quién sabe con qué destino podríamos encontrarnos.

Yo, que no tengo sino los cinco sentidos básicos, trato de suplir los que me faltan o los que me sobran pensando o imaginando: ilusionándome, dice mi madre, que nunca quiso ver una ilusión ni de cerca. Sus aprensiones son razonables. Hay días en que las balas trazan extrañas parábolas y caen o se eclipsan en los que tienen ilusiones. Será por algo, suele explicar mi madre. Y aunque podría mirar lo que hay dentro de ese algo, no se ha molestado en hacerlo. Poco a poco, el algo ha ido acomodándose entre nosotros, y ahora se nos ha vuelto tan familiar, tan invisible diría, que todo lo que nos pasa, aun lo más terrible, es, fatalmente, por algo.

En ciertas ocasiones, me cruzo con mis padres, o bien el azar nos deja en un mismo lugar. Entonces, les confío el temor de que una bala se fije en mí. Mi padre pregunta siempre: ¿Una bala? Y yo le digo que no es sólo la bala sino también los cuerpos donde las balas se eclipsan tanto que los hacen desaparecer. A lo que él repone: ¿Una bala?, y ya no salimos de eso.

Mi madre, en cambio, suele ser más explícita: Cómo estás, hijo, cómo estás, me saluda. Para no alterar su rutina yo le respondo que bien, si bien temo (y se lo digo) que una bala me alcance. Si temes será por algo, dice mi madre, y no salimos de eso.

En cierta ocasión, sentí curiosidad por saber si la rutina, cuando se rompiera, haría un ruido, tal vez se desplazaría de su quicio. Y para averiguarlo le respondí: Madre, estoy muy mal. Necesito tu ayuda. ¿Saben lo que hizo ella? Se alejó de mí. Dijo: Por algo será que temes. Y en ese caso, nadie puede ayudarte.

Nos han dicho que si las balas aumentan desembocaremos en alguna forma de guerra, y bastará que entremos en la guerra para que ya no salgamos. Hay quienes insisten en que nos militaricemos más para proteger el confín. Pero ¿cómo hacerlo, si no sabemos cuál es el confín o dónde buscarlo? Algunos dicen haberlo visto, y con ese argumento llegan a ser generales. En cuanto llegan, pasan de largo. Y cada vez que pasan, nos queda un poco menos de confín.

En algún momento, una bala me hirió. Se cruzó con mi abdomen por azar o las ilusiones que yo tenía la atrajeron, no lo sé. Aún está adentro: la siento moverse a intervalos. Fui al hospital para que la vieran. Allí estaba mi padre y le pedí que la tocara. ¿Una bala?, preguntó. Y esta vez dijo también, como mi madre: Nadie puede ayudarte.

Alguien me abrió el abdomen y, cuando encontró la bala, la miró. Luego suturó la herida pero, como siempre sucede, no lo hizo del todo. Ahora que el dolor está latiendo allí, ya no cesará. Empezar es para el dolor su único fin, sólo tendrá ése.

Poco a poco (me han dicho) este dolor a medias me hará pasar de una ilusión a otra. Si en alguna permanezco, será en las ilusiones del medio o en las que se han perdido.

Y, con el tiempo, ya no seré diferente. Me acostumbraré al dolor y lo incorporaré a mi naturaleza hasta que otro dolor más tibio se le superponga, un dolor más del medio todavía.

Entonces (me han dicho) las palabras se me irán afinando hasta ser silencio, iré de una a otra sustancia afín sin poder reposar en la mía, nada definiré en este país sin fin, ya nunca nada, tan sólo iré al confín de mi cuerpo y encontraré el principio, yo mismo volveré a entrar.

Bazán

Uno

Es antes de medianoche, o una hora después. En la oscuridad, a la intemperie, no sabe ya hacia dónde llevar su cuerpo. Lo que hace es por orden de Dios. Cuando lo ha despertado, la voz de Dios le ha dicho: Hay un enfermito de difteria en la avenida Mate de Luna, tenés que ir a curarlo. Ha dicho: Hay dos familias desamparadas a las que quieren desalojar en Villa Nueve de Julio, tenés que impedirlo. Sólo va a obedecer esos mandatos. Si las patrullas lo persiguen, es porque desconocen la Voz del Señor. Dios vuelve sordos los oídos de los injustos. La caza ha comenzado la tarde antes, y ya Bazán Frías ha perdido el miedo. Hace apenas dos horas se creía cercado, pero ahora los ángeles de Dios lo han puesto a salvo. En el pasaje Aráoz, entre los tártagos, el Monje le ha leído el destino. Ha lanzado al aire seis guijarros redondos y en el dibujo que han dejado al caer ha visto, claramente, que aún le queda mucho tiempo por vivir. La eternidad te espera, Bazán Frías. Ni siquiera corriendo detrás de tu larga vida vas a poder alcanzarla. Como en todas las profecías del Monje, las palabras son oscuras pero el sentido es limpio. La eternidad lo espera. Por qué temer, entonces, que salgan a buscarlo. Si lo acechara una partida de diez hombres, se escondería, pero a dos o tres policías puede enfrentarlos con la carabina. Aún le quedan cuatro cajas de balas.

Antes de la caída de la tarde, el Monje lo ha ocultado en la iglesia de los Santos Apóstoles. Le ha dado de beber el vino de Dios y le ha sosegado el hambre con hostias consagradas. La policía se detiene en el umbral de los templos, le ha dicho. Siempre que pisés una tierra bendita vas a estar a resguardo. Mi cuerpo entero está bendito, le ha respondido Bazán. La Virgen me protege. Yo también he visto a la Virgen y sin embargo voy a morir, le dice el Monje.

Los dos han visto a la Virgen. El 8 de diciembre de 1922 estaban emboscados en un algarrobo, a la espera de que pasara el auto del gobernador recién elegido para detenerlo con un balazo entre los ojos. Un emisario del partido derrotado en las elecciones les había pagado cien pesos para que lo hicieran y la Voz de Dios, la noche antes, había confirmado el mandato. Ante el Monje y Bazán, se abría un campo de tréboles, y más allá la espesura de los cañaverales. El aire estaba saturado del olor áspero de la melaza, y sobre los tréboles chisporroteaban las luciérnagas. A Bazán siempre le había parecido extraño que alrededor de las luciérnagas hubiera rayos de negrura. La luz de los insectos se abría y, cuando se cerraba, la noche era más espesa. En lo alto del algarrobo, las cigarras batían las alas de su música desesperada.

Vieron las luces del auto del gobernador a lo lejos y aprontaron las carabinas. El Monje, que era más rápido, debía disparar dos veces: la primera al blanco principal, la segunda a su guardaespaldas. Bazán, con su brazo único, abatiría al chófer. Ya ni recordaba cuándo perdió una mano, la izquierda. ¿Fue cuando la alzó para defender a la madre del machetazo del padrastro? ¿O fue después, cuando golpeó al padrastro y él le segó la mano? Le llevó meses curarse y aprender a tejer lazos, montar a caballo, empuñar el hacha, cargar la carabina y dispararla con tanta destreza como la que tenía cuando el cuerpo estaba completo. Ahora ha mejorado más aún. La Voz de Dios lo ampara: le indica cómo doblar el codo único, cuándo aflojar el hombro para concentrar la fuerza, por qué el pulgar tiene más fuerza que los otros cuatro dedos. La mano única ha quedado bendita. Si se posa sobre una llaga, la cierra; con sólo un pase de la mano se detienen los vómitos, las diarreas, los dolores de hígado, la tos, los cálculos de riñón.

Cuando el auto del gobernador entró en la curva del río, el Monje se distrajo, porque del cielo descendió un capullo de luz con la Madonna dentro. El capullo quedó suspendido sobre el algarrobo que estaba al otro lado del camino, sin agitar las hojas. Nuestra Señora llevaba una toca blanca y un manto celeste, como la imagen del altar mayor de la iglesia.

¿La ves?, dijo el Monje, en voz baja.

Santa María Madre de Dios, respondió Bazán. Es ella.

¿Has venido a buscarnos, Virgen Santísima?, preguntó el Monje.

La Virgen no movió los labios, pero del algarrobo fluyeron palabras en un latín más dulce que el de las monjas de clausura:

Ego sum qui sum. Vox et praeterea nihil.

Seguía flotando en su nube de rocío cuando el auto del gobernador pasó de largo. Bazán había dejado caer la carabina y hubiera querido postrarse y tocar los tréboles con la frente, pero no sabía cómo bajar del árbol sin quebrar el hechizo de la aparición. El auto dejó una estela de polvo y la Virgen se elevó para que el manto no se le manchara. Se le vieron unos zapatos de tacos altos, nacarados.

Hacés el bien con una mano, Bazán, le dijo. Tendrías que hacerlo con la otra.

¿Y cómo?

Acercame la mano que no tenés. Voy a llenártela de poder.

Bazán estiró el muñón, y sintió que la mano iba más lejos, pero no podía verla.

Ya está, dijo la Virgen.

¿Y yo qué?, preguntó el Monje.

Vos has nacido para predecir. Tenés que predecir una guerra en la que morirán millones de hombres. Vas a anunciar una bomba que derramará sobre la tierra el calor de cien soles. Y, aunque no te crean, avisá que, al despuntar el siglo que viene, nacerá el último Papa de la iglesia romana.

¿Qué vendrá después?, dijo el Monje.

Para eso Nuestro Señor te ha hecho clarividente. Para que lo descubras por vos mismo.

La línea roja del amanecer se alzaba lenta en el horizonte y aún faltaba mucho para que aclarara, pero el descenso de la Virgen a la tierra trastornaba el orden de la naturaleza y el sol, desorientado, ocupó el centro del cielo. La luz del día cayó como una lanza y apagó la luz de la aparición. Al cubrirse la cara con las manos, Bazán advirtió que no se había quitado el sombrero.

Si me vio así, nunca me lo voy a poder quitar, para que me reconozca, dijo.

Te va a reconocer de todos modos, respondió el Monje. Es la Virgen, ¿te das cuenta? Hace lo que se le da la gana.

Tenemos que contárselo a la gente. ¿Cómo era que se llamaba?

No dio su nombre.

Se llama Nuestra Señora, para qué más. Voy a probar si es cierto que está llena de poder la mano que no tengo.

¿Cómo vas a dudar?, protestó el Monje. El que duda no ama.

Tenés razón, dijo Bazán. El que duda no ama.

Alzó el brazo izquierdo y se miró el codo mustio, las cicatrices del muñón agrietadas y deformes.

Me ha dejado unas uñas de luz, dijo Bazán. Las puedo ver.

¿Sentís algo?

Los dedos. Pero no sé cómo los voy a mover.

No hay que moverlos. Tenés que ponerlos sobre las heridas y curar.

Bazán extendió los dedos sobre el campo de tréboles y le pareció que derramaban luz. La claridad del sol era pesada e hiriente, pero la claridad de los dedos que no tenía dejaban sobre las hojas huellas de fulgor.

Dos

Antes de continuar, una confesión. Oí hablar de Bazán Frías por primera vez cuando tenía seis o siete años, y desde entonces no he sabido por qué el nombre actúa en mí como un escapulario. Basta que lo enuncie en los momentos difíciles para que la vida se me vuelva clara. No puedo decir que me haya dado suerte, más bien todo lo contrario. Pero me ha aportado una incesante claridad. El primer libreto para el cine que escribí, a los veintidós años, se llamaba *Bazán*. Con él, se hizo una película de treinta minutos que todavía se exhibe en las cinematecas. También *Bazán* era el título de la primera novela que escribí, más o menos hacia la misma época, y que arrojé por un incinerador en un ataque de vergüenza. La novela siguiente, que publiqué, era mucho peor.

Yo tenía seis o siete años, como dije. Iba con los cuadernos de la escuela y me detuve en un bar. La tarde era candente —como casi todas las tardes y las mañanas y las noches en Tucumán— y junto al mostrador del bar se desplegaban garrafas de helados cuyos colores no aparecen en el disco de Newton. Yo prefería el blanco del helado de ananá, pero sobre esa garrafa volaban moscas verdosas y anaranjadas, y sentí asco. Los enjambres de moscas no son raros en Tucumán. Se las ve rondar por todas partes, hasta en los hospitales, y uno aprende a tolerarlas, pero aquellas alas verdes y pesadas sobre el blanco del ananá mancillaban el helado. Mi atención se desvió hacia una mesa en la que cuatro hombres jugaban a los dados. Los veía agitar el cubilete y, antes de arrojar los dados gritaban: ¡Bazán! Era la primera vez que oía la invocación y para mí era apenas un sonido que nada significaba. Un hombre gordo, de bigotes pesados, se puso de pie, mezcló los dados sobre la cabeza y, cuando vio que los cinco, al caer, descubrían la misma cifra, un seis, se puso de rodillas y gritó: ¡Bazán, Bazán santísimo!

Corrí de regreso a casa y me abracé a las piernas de Madre, que siempre parecía distante, sumida en sus lecturas. Le conté lo que había visto y le pregunté qué quería decir la extraña palabra.

No volvás a repetirla, me advirtió. Es una palabra pésima. El nombre de un asesino.

El gordo dijo que el asesino era santísimo.

La gente ya no cree en Dios, respondió mi madre. Debemos estar cerca del fin del mundo.

Uno

Con la mano que no tenía, Bazán se preparó para cumplir con el mandato de Nuestra Señora e imponer el bien. El Monje leía por las tardes las parábolas de los evangelios y, descifrándolas, trataba de encontrar un camino. Algunas enseñanzas parecían simples. Con otras no sabía qué hacer. ¿Cómo iban a lograr que los ricos pasaran por el ojo de una aguja y alcanzaran el reino de los cielos? Sentados en el belvedere de la plaza mayor, mientras la orquesta municipal ejecutaba fragmentos de *El lago de los cisnes* y *La danza de las horas*, observaban a los comerciantes y a los industriales azucareros de cuello palomita entrar en el banco de la provincia con valijas de latón colmadas de billetes. Cierta vez se sumaron a la multitud que acompañó al filántropo Felipe de la Riestra a depositar veinticinco lingotes de oro y los óleos de Zurbarán, Figari y Prilidiano Pueyrredón que desentonaban con los muebles de su casa.

No se les puede robar a cada uno de estos hombres, dijo el Monje. Es mejor entrar en la bóveda del banco y robarles a todos.

Resultó más sencillo de lo que imaginaban. Un mediodía de sábado, cuando el gerente estaba echando llave a los portales, lo amenazaron con las carabinas y lo obligaron a regresar al imponente vestíbulo del banco, donde se sucedían las cajas enrejadas y los escritorios de caoba con tinteros de bronce. Implorando que lo dejaran con vida, el gerente destrabó la enorme manivela de la caja de seguridad. Un tesoro de cálices dorados, diamantes sin pulir y estatuillas de marfil quedó al descubierto, pero al Monje y a Bazán les interesaba sólo el dinero en efectivo. Se llevaron siete mil pesos en billetes de diez y otros doscientos en monedas de cincuenta centavos. Mientras huían, uno de los serenos se liberó de las ligaduras y le disparó al Monje en una pierna, rozándolo apenas. Aunque se oían algunos gritos en la plaza mayor y el silbato de un policía, el Monje no se impacientó. Volvió sobre sus pasos y vació la carabina en la cara del guardia. Donde está el cadáver, allí se juntarán los buitres, dijo, citando a san Mateo.

Llamaron a todos los pobres que vivían en los alrededores del campo de tréboles y repartieron entre ellos los billetes y las monedas a razón de veinte pesos por persona, sin dejar de lado a los recién nacidos ni a los moribundos. Luego, Bazán les habló sobre la aparición de Nuestra Señora y les dijo que la mano perdida tenía ahora suficiente poder para curar todas las enfermedades y despertar todos los amores de la humanidad.

¿Cuál Virgen? ¿La del algarrobo?, dijo el hijo del vendedor de botellas. Cada dos por tres aparece flotando arriba del árbol.

¿Vos la has visto?, preguntó el Monje.

La veo siempre, cada vez que viene.

¿Y qué te dice?

Hablen con Bazán, es lo único que repite. Hablen con Bazán.

Bazán estiraba el muñón izquierdo y de él salía un rastrillo corto y resplandeciente, del que fluía luz hasta en las noches, como las luciérnagas. Con la mano que no tenía, disolvió ese día cálculos de vesículas, tumores de intestino y bocios nodulares, apagó anginas y fiebres reumáticas, eliminó diarreas y blenorragias. Los que se beneficiaban con sus milagros se arrodillaban para que los bendijera y le besaban la luz de la mano inexistente.

Durante semanas, antes de que amaneciera, los vecinos del campo de tréboles acudían en procesión a esperar la llegada de la Virgen. A veces divisaban el manto celeste flotando desorientado entre las nubes, sin animarse a descender y, aunque la llamaban con las letanías en latín que aprendían en la iglesia, Nuestra Señora era tímida y no quería exponerse a la mirada de las multitudes. Sólo golpeaba la puerta, a veces, del altillo donde se refugiaban el Monje y Bazán y les hablaba de las desgracias que aún quedaban sin remediar.

Las apariciones de la Virgen fueron difundidas por los diarios y al campo de tréboles llegaron peregrinos de Salta y Santiago del Estero, con sus ristras de enfermos en angarillas. Algunos morían por el camino, afrentados por las lluvias, por los remolinos de polvo y por las plagas de langostas que oscurecían el cielo y cerraban el paso a Nuestra Señora. Y los que al fin alcanzaban el algarrobo languidecían por el desconsuelo de no verla. Como Bazán se mantenía oculto por temor a la saña de la policía, la Virgen carecía de mediadores y era reacia a presentarse. Dos obispos habían acudido al trebolar con una corte de monaguillos armados de incensarios, cantando el *Salve Regina* y celebrando misas al aire libre, todas en vano. Las visitas de Nuestra Señora eran secretas y sigilosas. El hijo del botellero la vio posarse un amanecer sobre la mano ausente de Bazán y soltar trinos de canario, pero ésa fue la última vez.

Quizá la policía había estado siguiendo al Monje o quizá lo reconoció cuando subía cojeando al altillo con botellas de cerveza porque la víspera de Navidad, a la caída de la tarde, cercó el altillo. Uno de los oficiales portaba un megáfono y vociferaba órdenes que no se oían, ahogadas por el ladrido de los perros. Bazán creyó entender que los intimaban a rendirse y que los obligarían lanzándoles bombas de humo.

¡Queremos al Monje vivo!, gritó uno de los sitiadores. ¡Queremos al asesino del sargento Parini!

Bazán respondió con voz tranquila:

¿No saben que nos protege Nuestra Señora? Acá nadie va a entregarse.

Dos bolas de estopa ardiente, impregnadas de querosén, rompieron los vidrios de las ventanas y cayeron sobre los catres. Las frazadas empezaron a quemarse y en un instante el humo estuvo por todas partes.

Hay una luz enfrente, dijo Bazán. Vamos a saltar.

No se puede saltar, observó el Monje. Tenemos más de tres metros hasta el otro lado.

Qué importa. Tomemos impulso y dejémonos llevar por la fuerza de Nuestra Señora.

Una voluntad sobrenatural los elevó por el aire y los dejó lejos del alcance de la patrulla, varias casas más allá.

Si llegamos a la iglesia estamos salvados, dijo el Monje. Nadie puede entrar en tierra sagrada con armas ni detener a inocentes.

Yo no pienso dejar la carabina, dijo Bazán.

Las carabinas están bendecidas. Hasta podríamos subir con ellas al paraíso. ¿No las teníamos en la mano, acaso, cuando hablamos con Nuestra Señora?

En la sacristía, el párroco ya estaba cortando el pavo de la Navidad. Su madre servía las ensaladas y hablaba sin parar. Dentro de dos horas llegarían los monaguillos y abrirían las puertas de la iglesia para la misa de gallo. Bazán y el Monje rompieron la reja que desembocaba en los sótanos y encontraron el pasillo que estaba a espaldas del altar mayor. La luz de los velones los deslumbró.

Ese pavo me dio hambre, dijo Bazán.

No podemos comerlo ahora, dijo el Monje. Lo que hay son las hostias de la misa.

¿Qué gusto tienen?

Hace mucho probé una. Se deshacen en la boca. No tienen gusto a nada.

Son el cuerpo de Cristo.

Eso sucede cuando el cura las pone dentro del cáliz. Ahora son cualquier cosa.

Las hostias no los saciaron pero el vino que encontraron en el sagrario, abundante y espeso, les hizo olvidar el ayuno. El Monje lamentó que las botellas de cerveza hubieran quedado en el altillo, a merced del incendio. Afuera estallaban fuegos artificiales y por las hendijas de las puertas se colaba el aliento de la pólvora.

Andá a comprar cerveza, dijo el Monje. Tenemos que celebrar la Navidad.

Esperemos a mañana, dijo Bazán. La policía nos busca por todas partes.

No pueden hacerte nada. Ya viste cómo nos protege Nuestra Señora. Yo voy a morir tarde o temprano, pero vos vas a vivir para siempre.

Oí los perros, Monje, las botas. Nos han vuelto a rodear.

No hay nadie, Bazán. Lo que estás oyendo es el miedo.

Para demostrárselo, el Monje se arrastró hasta una de las puertas laterales, cuidando que los velones no reflejaran su sombra en los vitrales. Al abrirla, los goznes chirriaron, pero como las cigarras, afuera, cantaban enloquecidas, todos los otros sonidos se perdían. Desde el umbral, el Monje sólo podía observar el atrio vacío. La humedad casi podía tocarse y el calor dejaba pasar apenas débiles briznas de aire. Cada vez que se oía el estampido de un petardo, las jaurías se agitaban. De un momento a otro tendrían que retirarse, cuando llegaran los monaguillos y abrieran el portal mayor para la misa de gallo.

Lo que el Monje no esperó fue el relámpago de una bengala que inundó el atrio y lo bañó con una luz de mediodía. Quiso ocultarse tras la pila bautismal pero antes de moverse sintió la llamarada de un balazo en la cara y la tibieza de la sangre cegándolo. Se aferró a uno de los pilares y, cuando trató de incorporarse, el peso de la muerte lo venció. Bazán, de pie junto al altar mayor lo vio caer y se sintió perdido. Las patrullas ya no respetaban la tierra sagrada. Quizá no entraran los hombres con las armas, pero los perros estaban oliendo su terror y lo despedazarían. Bajó por el pasillo que daba a los sótanos, alcanzó la reja que habían roto con el Monje y la devolvió a su lugar. Se quedaría a esperar hasta que las campanas llamaran a la misa de gallo, cuando las jaurías se alejaran.

En las honduras del sótano, entre los nichos que guardan los ataúdes de los viejos párrocos, Bazán se adormece cuando oye alejarse a las jaurías. Desde la iglesia desciende, apagado, el coro de los villancicos. A través de las rejas del sótano contempla la noche húmeda y las estrellas desvaídas. A veces, cuando lo envuelve el silencio, le llega la voz de Dios, ordenándole que cure difterias y sirva de escudo a las familias amenazadas por el desalojo. Desde que Nuestra Señora ha puesto el poder en su mano izquierda, se ha vuelto más rápido y certero con la carabina. Tarda menos de veinte segundos en recargarla y apoyarla sobre el hombro. Siente que le han crecido dedos en el muñón, en la quijada, en la frente, y que el gatillo del arma es una prolongación de sus nervios.

Se despierta atormentado por la sed. El vino del altar le ha secado la garganta. Más lo ha marchitado la muerte del Monje, el mundo tan huérfano que le ha dejado. Nunca he sido feliz, se dice, y sin el Monje ya no tengo esperanza de ser feliz algún día. Ha oído cuando los perros olfateaban el cuerpo caído junto a la pila bautismal, ha oído cuando se lo llevaban como un trofeo, entre las otras bengalas de la aciaga noche.

Nunca ha sido feliz. No ha tenido padres, ni escuela, ni otro amor que el de los prostíbulos. Sólo Nuestra Señora ha estado entre sus brazos, pero ese amor era sólo de neblina. Ahora debe salir en busca de agua. Acaso tiene fiebre. Siente una sed animal. Abre la reja y oye, a lo lejos, un relincho. Pronto el párroco dará la última bendición de la misa de gallo y los fieles regresarán a las casas. Necesita un lugar para pasar la noche y burlar a la policía hasta que su nombre se olvide. Con las jaurías en los talones, no puede imponer a los enfermos la mano sagrada. Divisa un parque y una pérgola, a lo lejos. A un costado, se recorta la silueta redonda del cementerio. Ésa es su salvación. Puede saltar el muro, caer del otro lado y ocultarse en alguno de los monumentos. Nadie lo va a encontrar en el laberinto de los muertos. Abunda el agua y los sepultureros llevan fiambres, panes, huevos.

Ya ha cruzado la pérgola y avista el muro del cementerio a menos de cien metros cuando oye el resuello de la jauría. O bien los policías han estado acechándolo o acaso los perros rondaban por allí cerca. Por rápido que corran, él puede más. Si no sintiera la garganta tan áspera se despegaría como una luz, pero la sed le pone plomo en los pies. Que lo busquen las balas, eso qué importa. Nuestra Señora ha tejido a su alrededor una red invulnerable.

Aún están lejos los perros y él ya está trepando por el muro. Sus dedos encuentran tantos salientes en el revoque que el cuerpo va alzándose con la facilidad de quien levita. El Monje no se equivocaba: tiene la eternidad por delante. Se aferra al borde con la mano única y va a dejarse caer al otro lado del muro cuando siente el destello de una quemadura bajo la quijada y el salto desesperado de la jauría, a sus pies. La patrulla lo ha alcanzado pero tal vez, si se pusiera a horcajadas sobre el muro, podría bajar a dos o tres hombres con la carabina. Otra lanza ardiente se le clava en la espalda y tiende entonces la mano hacia el cementerio para que Nuestra Señora vaya en su ayuda, pero lo único que alcanza a ver es el espectro del Monje que lo llama con los brazos abiertos.

Dos

Primero alguien clavó un exvoto sobre la pared encalada del cementerio: un pequeño ojo de plata bajo la doble línea de sangre que el cuerpo de Bazán trazó al caer. Luego, los devotos dejaron pulmones de cobre, riñones de acero, corazones tejidos, señales de gratitud por los milagros del difunto. Más tarde, sobre las piedras de la vereda, fue encendiéndose un mar de velas, millares de velas que la lluvia no apaga. Las vi en el verano de 1975, antes de partir al exilio, y volví a verlas, multiplicadas, cuando regresé en mayo de 1984. Siempre que paso por Tucumán atravieso el parque y la pérgola, y camino hacia el muro ahora cubierto de ofrendas, entre las incansables velas y las flores. He visto procesiones con la imagen de la Virgen que apareció en el algarrobo. La imagen está atravesada por dos disparos, uno en el cuello y otro en la nuca, y derrama lágrimas de sangre. En los días de plegaria, la gente juega a los dados y a las cartas. Se venden rifas y giran las ruedas de las tómbolas. Para los devotos, Bazán es el buen ladrón y está a la diestra de Dios Padre, entre ángeles que le limpian la carabina y santas que le lavan los pies llagados por su última carrera.

El informe de la policía de Tucumán es menos compasivo. En él se lee que Andrés Bazán Frías, fugitivo de la Justicia, pereció de dos balazos después de enfrentar a una patrulla, junto a las tapias del cementerio del Oeste, la medianoche de Navidad de 1922.

Habla la Rubia

Ahora, la abuela Cleme me hace mojar los dedos con saliva y ponerlos sobre los ojos de don Osorio y decir fuerte: "Por Diosito y la Virgen Santísima, curesé". Yo y la abuela, las dos, estamos sentadas y tocándonos en la cama de fierro, y don Osorio sigue arrodillado y reza. El tío Beni me trae agua y dice: "Tomá, para que te crezca la saliva". Yo le pregunto otra vez a la abuela: "Que no habrá sido el picor, abuela?", y otra vez ella se queda callada. Don Osorio se para y le cuenta al tío Beni que está viendo un poquito de luz. A mí me besa la punta del vestido. "¡Estoy viendo un poquito de luz!", le dice a la gente que ha venido. Oigo que la gente se pone a aplaudir y a cantar Oh María madre mía. Ahora, uno que ha venido en camión y que vive para el lado de Leales se arrodilla frente a la abuela Cleme y a mí y me muestra la espalda con el morado de las ventosas. La abuela me hace que le ponga saliva y que le diga: "Por Diosito y la Virgen santísima, curesé". El José y el Mocho andan juntando los pesos que da la gente. A mí me viene un poco de sueño, y miedo porque nadie le va a dar maíz a la gallina colorada y se me puede morir ahora que es el tiempo del emplume, pero el tío Beni y la abuela no quieren que salga y que deje la curación. Para qué habrá venido la Virgen, digo yo.

Todo ha empezado cuando he estado descascarando un poco el eucalipto. Bajo una cáscara había una juanita medio redonda y a mí me ha dado por escarbarla con la uña. La juanita me ha soltado agua cerca de la cara y me ha hecho picar. Yo he mirado arriba para que me dé el aire y se me vaya el picor y en la punta del eucalipto había como un fueguito azul que caminaba despacio y se hinchaba y se calentaba en medio del sol. Lo he llamado al Mocho y le he dicho:

—Mirá ese fueguito.

El Mocho me ha dicho que no veía nada y que sería el picor de la juanita que me estaba haciendo mal. La abuela Cleme venía por atrás. Con las dos manos se ha tapado la resolana de los ojos.

—¿En qué parte?

El eucalipto estaba limpio arriba otra vez.

—Debe ser la Virgen —ha dicho la abuela Cleme. Pero yo me suponía que no. No tenía brazos ni el pelo de la Virgen que estaba en el almanaque. Y si la Virgen era así, y la abuela lo estaba sabiendo porque había visto muchos almanaques con la Virgen, a mí me daba lo mismo.

La abuela Cleme me ha lavado la cabeza y la cara y me ha puesto un escapulario. Por el gallinero hemos cruzado a la casa de doña Ema y yo me he quedado esperando en el patio a que la abuela le diga:

—La Virgen se le ha aparecido a la Rubia, doña Ema.

Y doña Ema me ha besado la punta del vestido y me ha hecho tocarla a la gallina overa de ella a ver si la curo de la tristeza.

Las tres hemos abierto la puerta de atrás del gallinero y hemos ido al galpón donde tiene su carro

el tío Beni, la abuela adelante y yo y doña Ema si-
guiéndola, las tres, y la abuela le ha dicho al tío Beni
que llame a los más que pueda porque en el eucalipto
se me había aparecido la Virgen y me había hecho
curarla a la gallina overa de doña Ema.

Estábamos más o menos todos en el galpón y
la abuela ha contado lo del eucalipto.

—Habrá sido como en Vipos —ha dicho don
Arias—, cuando la Virgen se ha bajado para decir que
iban a acabarse los pobres y, a la final, se ha desaparecido y no ha vuelto más.

—En Simoca también dicen que se ha aparecido una vez —ha dicho la Gregoria, que estaba
dándole de mamar al Josesito de ella— y ha curado a
cuánta criatura que tenía flojera de vientre.

Y ha sido la abuela Cleme la que ha dicho entonces que yo estaba bendecida y que iba a darles sa-
lud a todos.

—¿Que no habrá sido el picor de la juanita
nomás, abuela? —le he preguntado yo.

—Eso, a lo mejor era el picor —ha dicho doña
Basilia, que sabía prepararnos las cataplasmas al José
y al Mocho y a mí cuando andábamos con la fiebre y
ponerle sebo de pato a la abuela para el reuma. Ella,
que es entendida.

Pero a mí el tío Beni me ha hecho a un lado
y doña Ema me ha empezado a rezar el rosario y las
que eran mujeres a contestarles. Sería para la oración,
y la abuela Cleme ha dicho que vayamos al eucalipto
a ver cómo era la Virgen. Ella y el tío Beni y doña
Ema han salido adelante y seguro que me la han espantado a la gallina colorada cuando han pasado por
el gallinero, y yo me he quedado atrás un poco para

que la Gregoria le haga la señal de la cruz al Josesito de ella con mi escapulario.

La abuela ha hecho que el tío Beni la ponga de rodillas al frente del eucalipto y todos se han arrodillado y yo también. Arriba del árbol estaba medio oscuro y ya andaban revoloteando algunos tucos.

—Decile a la Virgencita que se aparezca —me ha dicho la abuela.

—Vení, Virgencita, vení —he dicho yo.

La Gregoria se ha puesto a cantar Oh María madre mía y hasta el tío Beni y don Arias han cantado. Entonces la abuela ha preguntado fuerte:

—¿Que no ven como un fuego en el eucalipto?

El Mocho y el José andaban en medio de la gente haciendo como gárgaras de rana.

—¡Si no hay nada, abuela! —han dicho.

Para mí que no había nada, pero el tío Beni los ha sacado al Mocho y al José, a los dos, y les ha torcido el brazo. Para mí que no había nada. La Gregoria y la abuela Cleme y las demás han vuelto a cantar Oh María madre mía y la Gregoria se ha tapado la cabeza con un pañuelo para que le vean el respeto.

—Ahora está clarito el fuego —ha dicho doña Ema—. Debe ser la Virgen nomás.

Como al rato, la abuela Cleme me ha llevado a dormir a la cama de fierro de ella y me ha dejado con el escapulario, y cuando la abuela se ha ido el José me ha dicho:

—Para qué habrá venido la Virgen.

A mí no me gustaba tampoco que venga.

La gente se ha empezado a juntar a la vuelta del eucalipto y se vienen para la casa así yo los mojo con saliva y les digo lo que la abuela Cleme me ha enseñado:

—Por Diosito y la Virgen Santísima, curesé.

Cuando es de siesta, la abuela y el tío Beni me llevan al eucalipto y me hacen arrodillar, y la gente se amontona al lado de mí y me besa el vestido. Siempre es la abuela la que dice primero:

—Miren ese fuego.

Y la gente empieza a cantar y a arrodillarse. Para mí que no hay nada.

A cada rato se juntan ahora los camiones y los carros, y el Mocho ha visto que están poniendo una rifa como la de San Roque en el galpón del tío Beni, pero la abuela Cleme no quiere que salga de la pieza más que a la siesta. Con lo que a mí me sabe gustar la rifa de San Roque.

Como a la oración, me ha dado un caimiento y parece que el tío Beni se ha ido a llamarla a doña Basilia a ver si me prepara una cataplasma, y doña Basilia ha dicho que si estoy bendecida para qué la quiero. Así que me han dado agua con azúcar y me han puesto abajo del vestido un saco que era del José.

Ahora, a lo mejor me puedo dormir. La abuela Cleme ha roncado con la boca abierta y yo le miro toda la boca pesada. Apenitas lo he oído al José cuando me ha dicho:

—Con el Mocho le vamos a poner humo a la Virgen. Así se va a ir.

Pero yo me supongo que a la Virgen le gusta el humo si es que anda en medio de las nubes.

—Los van a ver y el tío Beni les va a torcer el brazo —le he dicho al José. Con toda la gente que se queda a dormir afuera.

—Para qué habrá venido la Virgen —dice el Mocho.

Para qué habrá venido, digo yo.

Cuando ha sido la siesta, la abuela y el tío Beni me han llevado otra vez al eucalipto y me han hecho arrodillar. Como hasta la mitad, el eucalipto estaba tapado del tizne ahora que el José y el Mocho lo han querido quemar con trapos y querosén y el tío Beni les ha torcido el brazo y los ha llevado en el carro para que vivan con la abuela Sara hasta que pase todo esto. Parece que don Arias y el tío Beni y todos han trajinado mucho a la noche por tras de la quemazón.

Ha sido la abuela Cleme la que ha dicho primero:

—Miren ese fuego.

De atrás de nosotros han salido porfiando con que no, con que ya no se veía nada.

—Se ha ahuyentado la Virgen —han empezado a decir.

Ahora, el tío Beni ha dicho:

—Ahí está, se la ve clarito.

Y la gente ha porfiado con que no, y no ha querido arrodillarse más. Para mí que no había nada. Me supongo que la abuela estaba llorando un poco.

Ahora, han venido otros tres para que los moje con saliva, pero después hasta la oración he estado en la cama de fierro de la abuela y me he comido las uñas. Afuera estaban empujándose los carros y los camiones para irse. Dice el tío Beni que ya no voy a dormir más en la cama de la abuela. A lo mejor me deja ver la rifa de San Roque que han puesto en el galpón.

Ahora, ha entrado don Arias y le ha contado a la abuela Cleme que la Virgen se ha aparecido arriba de una higuera en El Cruce y que dos que no caminaban en El Cruce han empezado a caminar lo más bien.

Cuando vengan el José y el Mocho, seguro que la abuela Cleme nos va a llevar para que la veamos a la Virgen.

La inundación

El Padre

—¿Que no me vas a dar otro poco? —ha dicho el Negro.

Escarbo en la lata donde estaban los fideos y consigo llenar la cuchara hasta la mitad. Raspa helada de fideos, aguachenta, que el Negro traga sin masticar. Ahora, con el cabo de la cuchara, aflojo el engrudo que se ha pegoteado en la lata y se lo ofrezco a la Trini.

—Después —dice ella, que quiere guardar para el Negro lo que nos queda.

Me levanto para ceñir bien el alambre, en la puerta del galpón. Entra menos frío ahora, pero igual las chapas de la puerta siguen cimbreando, como si las hinchara el olor hediondo del agua que se ha embolsado en el galpón, el olor de los animales y las maderas podridas que está arrastrando el río.

Hará como una semana que se ha largado a llover y no hay ni miras de que pare. La tormenta se ha venido de golpe cuando yo estaba serruchando dos parantes en el gallinero y apenas si he tenido tiempo para taparme con una bolsa y llegar hasta la cocina, quedarme arrimado cerca de la Trini y del Negro y del abuelo Lucas, viendo cómo el agua y la granizada estaban quemando el cañaveral, apisonando y quemando las plantas listas para la cosecha.

—Menos nos van a pagar ahora —ha dicho entonces el abuelo Lucas.

Y es que todo anda peor aquí. Desde aquella vez que la caña se había dado por demás y los carros no daban abasto para llevarla al cargadero. La vez esa que el abuelo ensillaba las mulas temprano para entregar la cosecha en el Alto La Loma y yo y el Negro y la Trini nos quedábamos despuntando en el cerco y diciendo que nos íbamos a comprar un ropero con espejo y un arado nuevo cuando nos dieran el adelanto.

Pero ni esa cosecha ni la de despúes nos han querido pagar, y todo porque la caña andaba sobrando y crecía como pasto. Talmente un castigo de Dios.

Para el verano, el Fede del almacén no nos ha querido fiar más y la Trini ha tenido que plantar verduras en el patio de atrás y ha andado dale que dale trajinando con las hormigas. A mí me daba no sé qué estar de brazos cruzados y andar intruseando en la cocina como un perro viejo.

Así pues, he vuelto a meterme en el cerco y a lidiar con la caña por si esta vez podía venderla. Para el mes pasado, después de hacer el despunte, he ensillado las mulas y he llevado mi primera carrada al cargadero. El Pancho, que estaba apuntando los carros, me ha parado en el portón.

—No necesitamos más caña —me ha dicho.

Y yo me he quedado porfiándole un rato, a ver si se me ablandaba.

—¿Querés que tire la cosecha? —le he dicho.

—Y qué se yo —me ha dicho él.

Entonces, aunque se me hacía cuesta arriba, me he animado a pedirle que me reciba este poco nomás, este solo carro, que si volvía con la caña no iba a tener ni cara para mirarla a la Trini, que es mi mujer, ni al abuelo Lucas, que es el padre de ella, ni al Negro, que es mi hijo y me puede faltar el respeto. Pero el Pancho no me ha dejado seguir hablando y me ha cerrado el portón en la jeta de las mulas. Y en el cargadero han visto cómo yo me las aguantaba.

Al otro día de eso me he ido hasta lo del Fede y le he vendido las dos mulas viejas. Y con la plata que me ha dado he comprado fideos y semillas de zapallo y doce gallinas para sacar cría. A mí que no me vengan más con la caña.

Pero ahora, con esto de la inundación, las gallinas se me han muerto y a la Torda, que era la mejor mula que yo tenía, se la ha llevado el río.

El granizo ha empezado a caer tan de golpe que ni me ha dado tiempo para recoger el apero de la Torda y meter dos o tres de las ponedoras en la cocina. A mí se me hacía que, cuando mucho, iba a llover hasta la noche. Lo que me ha dado aprensión es que, no bien nos acostamos, el Gastona ha empezado a bramar y a ponerse hediondo. Cómo sería, que el abuelo Lucas se ha levantado y ha puesto unos trapos debajo de la puerta, en la juntura, para que no quiera pasar el agua.

—Si no es tan fuerte la crecida, don Lucas —le he dicho yo.

Y él no me ha contestado nada y se ha vuelto a su catre. Para mí que estaba con miedo.

Cuando me he levantado, el agua se había barrido el gallinero y llegaba casi hasta las baldosas, en el patio de adelante. La he llamado a la Trini para que vea el perjuicio y ella me ha dicho que mejor nos íbamos al galpón del Fede, que está en un alto, por si la creciente seguía y quería meterse en la casa. Se veían pasar animales y maderas y chapas arrastrándose en las aguas revueltas del Gastona.

La Madre

Con el Negro, hemos metido toda la ropa en el baúl y hemos puesto los fideos y las papas en la caja donde estaban las herramientas. Se veía oscuro para el lado del alto y no era cosa de seguirse quedando a esperar la bajante. El papá seguía durmiendo en el catre, tapado hasta las orejas, y por mucho que lo he zamarreado y apurado no ha querido levantarse ni venir a buscar ayuda siquiera.

Así que cuando yo y el Segundo y el Negro estábamos listos para salir le he sacado la frazada del catre y le he dicho que no nos dé más perdederos de tiempo.

—Vayansé ustedes, nomás —ha dicho él.

Entonces le he preguntado si no estaba sintiendo la hediondez del Gastona y lo he hecho sentarse para ver que el agua estaba tapándolo al patio de adelante. Pero ni así se ha levantado.

El Segundo ha dicho que a lo mejor estaba enfermo y se ha ofertado para irlo ayudando a caminar hasta que lleguemos al galpón y él le ha contestado que no era eso, que se sentía lo más bien y que cuantito salgamos se iba a subir en la Torda para juntarse con nosotros. Entonces yo le he contestado que la

Torda no estaba y que de seguro se había espantado con la creciente.

—¿Y la cebada que había en el gallinero? —ha dicho él.

Y el Segundo le ha dicho que también a la cebada se la ha barrido el agua.

—Voy a ver si me puedo cargar el catre y la cómoda en el carro chico y llevarlos al alto —dice.

Y no hay forma de hacerlo entender que apenas se puede caminar con semejante barrial, cuanto menos tirar el carro.

Yo y el Negro y el Segundo hemos salido por la puerta de atrás y hemos subido hasta el galpón por el camino de las mulas. El Segundo iba primero, con el baúl y las dos lámparas de querosén atadas en el cinto, y se afirmaba antes de seguir avanzando por si había tulpos muy hondos o la tierra estaba resbalosa. El Negro me ayudaba a mí con la caja de la comida, que es la misma donde estaban las herramientas.

Gracias a Dios que hemos podido llegar al galpón finalmente y que las puertas del galpón estaban apenas juntadas con un alambre. A mí se me había puesto que las íbamos a encontrar a las Odina y a la familia de don Hilario Fuentes, porque ellos viven en un bajo también y no han de tener más donde guarecerse. Pero no había ni un alma adentro y sólo se sentía el olor del forraje que estaba antes en el galpón.

El Segundo me ha hecho fuego con unas astillas y yo le he puesto los fideos a cocerse en la lata donde tenía el dulce. Entonces, el Segundo me ha dicho que a lo mejor el papá quería estar lo más que pueda en la casa para no dejarla sola y porque al fin de todo ahí en la casa se le habían muerto doña Brígida o sea la primera mujer que ha tenido, y la mamá, y el Luis Zamora y la Rosario, que han sido mis hermanos. Y yo le he dicho que a lo mejor, que a los viejos les vienen a veces esos caimientos.

Cuando se ha hecho de noche y el papá seguía sin aparecer, lo he mandado al Segundo con una de las lámparas de querosén para que lo traiga y me he quedado aventando bien el fuego. Para peor, el fuego se ha puesto mañoso y se me quiere apagar cada tanto. Debe ser de la mucha humedad.

Como al rato, el Segundo se ha vuelto diciendo que no se podía llegar hasta la casa y que el agua seguramente estaba tapando la cómoda. Y eso que la cómoda era del alto del Negro, más o menos.

Ahora, va para la semana que sigue lloviendo y no hay señal de que pare. Cada vez que el Segundo abre la puerta del galpón, veo todo a la vuelta el agua que ha subido por el camino de las mulas y la ha tapado casi entera a la casa de las Odina, con lo alta que sabía ser. Ni que decir de la casa de nosotros.

A mí se me hacía que esto de la creciente iba a ser para dos días o tres y no he sido advertida en traer algunas papas más. Por el Negro, aunque sea. Así que se nos han terminado los fideos y el Segundo tiene que andar sacándole la raspa a la lata.

Ahora, él se ha levantado y se ha puesto a ajustar bien el alambre de la puerta para que no pase la ventolera y se sienta menos el olor hediondo del río.

—¿Que no me das otro poco? —vuelve a decir el Negro.

Y yo le dejo la cuchara para que le masque el engrudo que tiene pegoteado.

El Negro

De a ratos, se me hace que la Torda anda dando vueltas por afuera para que le abran. Clarito la siento que patea las chapas y puja.

—¿Que no es la Torda que anda afuera? —le he dicho al papá.

Que no, que es el bramido del Gastona nomás, dice él.

La tarde esa que ha empezado la creciente y nos hemos guarecido en el galpón me ha parecido que la Torda venía para aquí y que el abuelo Lucas iba muy montado en ella, con el catre y la cómoda cargando en las ancas. Y lo más bien he sentido que el abuelo golpeaba la puerta del gaplón y decía Segundo, Trini, y nos llamaba a nosotros. Pero después, era la Torda la que pujaba sola en medio del barro.

—Ahí anda el abuelo —le he dicho entonces al papá.

Y él dice que es el bramido del agua revuelta.

También, como para oír con semejante creciente.

La estrategia del general

No había sido jamás un hombre de paciencia, y sólo porque la ropa que le probaban era su ropa de muerto aceptó el general Pacheco que lo encorsetasen con alfileres e hilvanes. En la mísera trastienda de la sastrería, entre maniquíes destripados e hilachas de lienzo, el general sentía que la estrecha cápsula de aire dentro de la que había vivido en los últimos tiempos (ese vago cilindro de atmósfera oxigenada que se achicaba y agrandaba según la tensión de sus nervios) había quedado reducida al mínimo tamaño de una aureola en torno de la piel: tenía la exacta medida del uniforme que Simón y su ayudante estaban probándole.

Protestó contra el largo excesivo de la chaqueta, descubrió que dos de los ojales estaban desalineados, supuso que los pantalones eran más anchos de lo que pedía el reglamento y cuando Simón le demostró, centímetro en mano, que estaba equivocado, adujo que el centímetro de la sastrería tenía las medidas confundidas, para sosegar a los incautos. Serafina, la mujer del general, reclamó que entallaran un poco más la chaqueta, pero Simón sostuvo que ceñía el abdomen con todo respeto, y el general acabó dándole la razón. No quería que, una vez acomodado en el ataúd, pareciera embarullado por la grasa. Prestó especial atención a los dibujos de las palmas doradas en el borde de las mangas y en el cuello de la chaqueta.

Las comparó con los dibujos del catálogo que había pedido a la Sastrería Militar y encontró algunas economías en el laberinto de las hojas. Simón adujo que el hilo de oro había sido insuficiente.

—Eso me pasa por acudir a chapuceros —dijo el general Pacheco—. Debí haber encargado el traje a Buenos Aires.

—No te hubiera dado tiempo —reflexionó Serafina—. Tienes demasiadas pretensiones para morirte.

Hacía ya meses que el general venía preparándose para la muerte. En la ociosidad de Santa María, había examinado con serenidad su condición mortal y había llegado a la conclusión de que efectivamente moriría. Durante algún tiempo, había desechado sucesivas fórmulas para esquivar el accidente de morir, aplicando los cálculos de probabilidades que le enseñaron en la Escuela de Ingenieros. Carecía prácticamente de todo riesgo de inmortalidad. Había llegado a pensar que si todo nacimiento es una mera consecuencia del azar, si él había podido acceder al mundo porque sus antepasados habían ido zafándose a tiempo de pestes o duelos fatales, de guerras y matrimonios inconvenientes; si su nacimiento era el cabo final de infinitas fortunas, por qué no podía haber en el azar otro resquicio idéntico que invirtiera los términos y le permitiera no morir: uno de esos relámpagos que se abren repentinamente en el destino como las grietas en la pared, algo que le permitiera adelantarse o retroceder cada vez que la muerte se le ponía por delante. Combatir a la muerte con su voluntad de no morir.

La primavera había despejado el viento de las calles de Santa María, y las tormentas de polvo empezaban a marchitarse. El general y Serafina salían por las tardes a ver cómo el polvo iba volviéndose amarillo, y luego sucumbía, encorvado, sobre el lecho seco del río. Desde hacía tiempo no se animaba a salir ya, por temor a que el camino hacia Tucumán adelantara su enfrentamiento con la muerte. No es que fuera temeroso: es que había una cuestión de orgullo en el combate. Se había lanzado a él aplicando lo que sabía de estrategia: esperar a la muerte por los flancos, sortearla con un movimiento del cuerpo, en fin. Por fin había creído encontrar la manera de demorarla un poco: la carta robada, en fin. Si se ponía a esperar la muerte como si ésta hubiera pasado ya, era posible que la muerte se confundiera y lo olvidara. Fue a mediados del invierno, una tarde en que despreciaba los mates cebados por Serafina, cuando cayó en la cuenta de que la muerte era una ceremonia para la que nadie se preparaba. Las madres recibían a los recién nacidos con el ajuar bien provisto, las novias organizaban sus equipos de matrimonio, pero con la muerte nada: por no pensar en ella, los hombres permitían que los acometiera de sorpresa. Y así perdían fatalmente.

Habían pasado veinte años desde su retiro, y el general no había hecho nada útil, ni siquiera útil para sí mismo. El casamiento de una sobrina con el hijo del comandante en jefe le había valido las palmas de general cuando su mediocridad, decían las juntas de calificaciones, lo hubiera condenado a ser desahuciado. Le concedieron un oscuro destino de oficinista: el comando de una región militar, la de Tucumán, donde el mando de tropa era ejercido por un teniente coronel y él debía contentarse con disponer que columnas de expedientes burocráticos fueran y volvieran de sus oscuros destinos. Sabía de antemano que ese premio consuelo no iba a durarle demasiado. Cuando al fin lo retiraron, algunas empresas le ofrecieron funciones más o menos confusas en sus directorios. Era la costumbre, y todo ocioso general en retiro acababa más o menos del mismo modo, golpeando las puertas de ex funcionarios o condiscípulos más afortunados para que favorecieran con sus decretos los designios de la firma que lo había asalariado. Pero el general Pacheco ni siquiera tenía estómago para ser eficaz en esas comisiones de influyente. De manera que al cabo de otro año opaco, lo enredaron en la empresa con explicaciones sobre reducción de personal y el general comprendió que debía marcharse.

El doble fracaso lo demolió. No tenía quebrantos ni dificultades económicas. Serafina lo había dejado sin hijos y era una mujer que compensaba la frialdad en la cama con sus modestas exigencias para la vida. De manera que los muchos años de frugalidad le habían permitido al general mantener un departamento en Tucumán y construirse una espaciosa casa colonial en el valle de Santa María, cerca del río. Las expresiones de lástima por sus fracasos con que empezaron a atenderlo sobrinos y allegados lo ahuyentaron de la capital. Fue entonces cuando Serafina, que sufría de asma crónica, le sugirió que sus bronquios necesitaban el aire seco y fuerte de Santa María para salir adelante. Al salir de Tucumán, el general metió en el baúl del automóvil un óleo del combate de San Lorenzo que lo había acompañado en todos sus destinos, un ejemplar encuadernado de los reglamentos militares, la *Vida de Napoleón* por Ludwig, el tratado *De la guerra* de Clausewitz, y la fotografía dedicada del comandante en jefe. Supo que esas posesiones eran lo que más le importaba en el mundo, y llevarlas consigo a un viaje de veraneo tenía un significado preciso: ambos, el general y Serafina, no tenían intención de regresar nunca.

En Santa María, el general alcanzó la felicidad de descubrir que todas las cosas eran como parecían. Advirtió que toda su vida había seguido un rumbo equivocado: que se había movido entre motines e intrigas de palacio, deliberaciones sobre los inevitables infortunios de los gobiernos regidos por civiles y le había tocado pronunciar discursos en cuyo significado no creía. Había ido siguiendo la zigzagueante línea de los acontecimientos políticos: de pronto se encontraba elogiando a la democracia o encareciendo las virtudes de la revolución cuando en verdad no le importaban una ni otra. Sólo se sentía dichoso en la remota penumbra del hogar, contemplando el progreso de los días y los secretos verdes que rumiaba la naturaleza. Había llegado a su punto por un secreto instinto de colocarse siempre al lado de los vencedores, por intuir a quién correspondería la victoria. Pero no había tomado jamás la delantera. Había sido un subordinado obediente, adicto a la disciplina, con el exacto don (o disposición) de mando que exigían los reglamentos. Que no le pidieran imaginación, porque la palabra lo asustaba.

En Santa María, no había personaje más ilustre que él. El intendente inventaba pretextos para visitarlo, y cada vez que el general iba al club social a jugar a los dados, los sábados por la noche, siempre encontraba algún comedido que le cedía su puesto en la mesa de juego. Sobraban las mujeres dispuestas para ayudar a Serafina en el cuidado de la casa, abundaban los vecinos que llamaban a su puerta para ofrendarle una ollita de mote, humitas, empanadas o dulce de cayote. Se le enmohecían los alfajores de capia y las tortas de turrón en la despensa, pero no se atrevían a deshacerse de ellos por temor a que los que se los habían obsequiado, siempre tan pendientes de lo que hacían, husmeasen en los tachos de basura. La única diversión que se permitió para sí solo fue una mesa de arena en la galería del fondo. Sobre ella dispuso montañas iguales a las que se veían desde la aldea, dibujó las sinuosidades del río y organizó con paciencia, ayudándose con las casitas para armar que traía el *Billiken*, un pueblo cuyo diseño era casi idéntico al de Santa María, con sus almacenes de abastecimientos, la torre de la iglesia, la comisaría y la terminal de ómnibus. Luego, sobre la mesa, con los ejércitos de plomo que había ido comprando sigilosamente en la juguetería, imaginaba ataques por sorpresa de fuerzas enemigas: inventaba guerras de provincia contra provincia, incursiones de guerrilleros contra vecinos pacíficos, y luego, luchas de civilizaciones contra civilizaciones: imaginaba que los soldados rojos eran hordas de marxistas que agredían la calma de la patria, y se ingeniaba para colocar los cañoncitos y las defensas de tal manera que sus victorias fueran inevitables. Así pasaba los días. Poco a poco fue descubriendo que la vida tenía un sabor más dulce que el de los cuarteles. Podía cambiar a su antojo el nombre de las cosas, bautizar de nuevo a los árboles y a los monumentos históricos, descubrir sonidos nuevos en la lengua de todos los días. Cuando Serafina estaba de buen humor, ensayaba con ella: "No trumes asona el rumo que va a lisársete el zope", decía, para insinuarle que el pollo había estado demasiado tiempo en el horno y podía quemársele. Pero luego, cuando advertía que la invención era tímida y respetuosa en exceso de la sintaxis convencional, buscaba nuevos modos de enredar a las palabras: "Fruma que asmante, Finita", declamaba, o bien: "Asa tu asma ni te amo". La mujer trataba en esos percances de quitarse al general de encima como podía.

"Dejame en paz, Anselmo", se le zafaba. "Por falta de tiempo, no me supiste hacer mujer cuando estabas en servicio. Ahora que te has jubilado, aprende por lo menos a no aburrirme."

Al general le había resultado siempre intolerable que Serafina le echara la culpa de su frigidez, y había buscado confirmar su hombría en otros brazos más tolerantes. Pero en el cuartel había ido dándose cuenta, ya de muchacho, de que era demasiado veloz en los abrazos amorosos, y de que se declaraba satisfecho apenas empezaba el juego. *Ejaculatio precox*", había dictaminado un oficial de sanidad, una noche de borrachera. El general, sin saber muy bien lo que significaba el latinajo, lo había dormido de una trompada, por si acaso la frase quería insinuar que era un maricón.

Una mañana, cuando estaba en la mesa de arena conduciendo una emboscada contra tropas irregulares de Bolivia que habían avanzado sobre Santa María luego de sucesivos ataques en cuña, un tiro mal calculado de cañón, hecho por la retaguardia de sus tropas, derribó su efigie de plomo, que simulaba observar las escaramuzas desde una hondonada del cerro. El general quedó paralizado por la sorpresa, como si la bala del cañón lo hubiese derribado de veras, y no oyó las voces de protesta de Serafina porque la sopa se enfría y ya es hora de que te olvidés de la milicia, Anselmo Pacheco, que no te ha dejado más felicidad que la de tu miserable jubilación. El repentino fogonazo de la muerte sumió al general en una meditación que duró semanas. Siempre había creído que no había otro más allá que el de la memoria de los hombres, y aunque confusamente, sabía que su rastro era débil, apenas una oscura huella en el agua frívola de Serafina. Se dio a pensar entonces en la desatención con que los hombres aguardaban a la muerte, por temor a que la mera invocación de su nombre fuera suficiente para atraerla. Esa noche, en el club social, cuando el panadero arrancó a los dados una generala servida, el general deslizó, tanteando:

—Sacar una generala servida es más difícil que encontrar la inmortalidad.

Funes, el médico, que estaba siempre alerta a cualquier tema de discusión, le pescó la intención al vuelo.

—¿Cómo dice, mi general? Con todo respeto, creo que se está equivocando muy fiero. Cinco dados iguales lanzados de una sola vez pueden salir dos veces en una noche, o nunca. No son un desatino. Pero todavía no se ha visto a nadie que le esquive el cuerpo a la muerte, aparte de Dios.

—Yo no estoy de acuerdo —dijo el general, frenando el cubilete en el aire—. Lo que me parece es que todavía nadie se ha animado a intentarlo en serio. Hemos aprendido a prolongar la vida, con las zonceras de la medicina. Pero no a conservarla para siempre. Yo, que he sido un alumno muy aplicado de la Escuela Técnica sé perfectamente que no hay ley de la física o de la biología que no pueda ser violada.

La muerte es un fenómeno que se produce en el tiempo. Toda la gracia consiste en adivinar su golpe: en descubrir a tiempo cuándo llegará. Y estar alerta para adelantársele o para retrasarse.

De vuelta para su casa, luego de haber dilapidado doscientos pesos en la mesa de juego, el general tuvo la primera vislumbre de su inmortalidad: advirtió que la muerte, como el nacimiento, era una pura cuestión de ceremonia. No durmió. Tampoco se atrevió a confiarle su idea a Serafina, porque jamás había hablado con ella de las cosas que eran verdaderamente importantes.

Se levantó muy temprano, hojeó como todos los días el manual de Clausewitz, hizo un poco de gimnasia, y apenas abrieron las tiendas se apersonó al sastre.

—¿Podría conseguir un catálogo de la Sastrería Militar? —le preguntó. Quiero que me haga cuanto antes un uniforme de gala.

—¿Van a nombrarlo ministro, general? —preguntó el sastre.

—No sea zopenco. Estoy preparándome para mi entierro.

El sastre recobró el aliento y empezó a ponderar su inexperiencia. Nunca había hecho un uniforme de oficial, y tenía temor de enredarse con las charreteras, de confundir los hilos dorados, de no acertar con las guardas de los pantalones.

—¿Por qué no se hace un viajecito a Tucumán? —sugirió—. Son solamente tres horas de automóvil.

—Si me voy, no vuelvo —dijo el general—. Y para lo que estoy buscando, necesito esperar a la muerte aquí.

—Mande las medidas y pida que le envíen el uniforme por encomienda.

—¿Cuándo ha sabido que un general de la Nación haga eso? Usted es el sastre de Santa María. Si no es capaz de hacerme un uniforme, lo mejor será que se mude para otro pueblo y ceda su lugar a una persona más competente.

El sastre prometió que haría lo que pudiese.

El general se encaminó luego a la funeraria y pidió que le hicieran un presupuesto para un velatorio de lujo.

—Quiero candelabros de bronce, velones de doble diámetro y que me consigan el Cristo de la parroquia para la capilla ardiente.

Le ofrecieron también un ataúd de caoba con incrustaciones de plata.

—Nada de eso —refutó—. Quiero un cajón de madera barata, de esos que se pudren cuando los toca la tierra. Total, no pienso usarlo nunca.

Colimba

La memoria es arbitraria y ciertos recuerdos suelen desencadenarse porque sí. Una vez que se han instalado en la imaginación ya no quieren moverse y el único modo de librarse de ellos es contándolos. Casi toda escritura nace del tormento de algún recuerdo.

1955, el año en que me tocó servir como colimba, fue uno de los más caudalosos en golpes militares y acuartelamientos. Hubo dos revueltas contra Perón y un derrocamiento palaciego, el de Lonardi. Los cincuenta soldados de mi batallón pasábamos casi todo el tiempo encerrados en el Comando de la V Región Militar, donde había sólo doce catres. Dormíamos en el suelo de las oficinas.

Setiembre fue el peor mes. Durante dos días, nos ordenaron defender a Perón y al tercero nos pasaron al bando rebelde. No disparamos ni un solo tiro pero regresamos como héroes. Había olvidado esas historias, pero todo vuelve. Lo que hemos vivido nunca termina de apagarse.

El gobierno de Perón se caía a pedazos desde junio, herido por la quema de la bandera, los incendios de las iglesias y la excomunión del Vaticano. La aviación rebelde había matado a doscientas personas en un bombardeo a la Plaza de Mayo, pero era a Perón a quien se le echaba la culpa de todos los males. El 16 de setiembre, por fin, le dieron el golpe de gracia.

Esa noche nos ordenaron subir a un camión y partir con rumbo incierto. Éramos treinta soldados, cinco suboficiales, y llevábamos la consigna de defender al gobierno. Al caer la tarde, llegamos a Graneros, en la frontera sur de Tucumán. El teniente que estaba al mando nos hizo bajar junto a los cañaverales y ordenó que comiéramos unas galletas. Antes de seguir viaje, uno de los sargentos gritó "Viva Perón", y el teniente repitió "Viva", pero en voz baja.

A la mayoría de los colimbas nos habían sacado de la universidad. Ninguno era peronista, salvo el zapatero Ruiz. Le habían enseñado a leer y a coser zapatos. Los oficiales le mostraban revistas europeas y él copiaba los modelos, reforzando las punteras y los tacos para que durasen más. Ruiz los calzaba a todos.

Esa noche, el 17 de setiembre, unos sordos paredones de viento nos advirtieron que estábamos en Córdoba. Acampamos a las puertas de las salinas y, apenas amaneció, salimos a la caza de enemigos. A veces creíamos avistar patrullas que merodeaban por la blancura y nos lanzábamos cuerpo a tierra, al amparo de los camiones militares, acechando sus movimientos. El aire era blanco, quemado por unos puntos blancos que iban y venían como mariposas, y en el horizonte sólo había un resplandor liso y afilado. Tal vez pasaran por allí los enemigos, pero nadie quería acercarse a nadie en aquel infierno sin orillas.

A la noche siguiente, el teniente que nos guiaba oyó unas informaciones por radio y comunicó que el batallón completo se pasaba, desde ese momento, al bando rebelde. Nos hizo subir al camión y emprender el regreso. Antes de que amaneciera, nos detuvimos en un bosquecito de mistoles y jarillas espinosas donde nos desgarramos los uniformes. Allí supimos que Perón había caído y que andaba fugitivo. Nos dijeron que en las calles de Tucumán la gente daba gracias a Dios caminando de rodillas.

Debió de ser así, porque nos recibieron con lluvias de flores y ramitas de laurel. Sobre el río Salí, en el puente que separa la ciudad de los ingenios aledaños, habían desplegado un gran letrero en el que se leía: "Bienvenidos / Gloria al ejército vencedor".

Sobrevinieron dos o tres días de jolgorio y la disciplina se relajó. Aunque no hubiera razones, yo sentía desazón y tristeza. Ante la puerta del Comando, pasaban autos descapotados arrastrando bustos de Perón y Evita y las radios difundían a todo volumen la marcha de San Lorenzo y las voces de algunos locutores de Córdoba. Sin embargo, también vi a gente que lloraba en las paradas de los ómnibus suburbanos. Desde los techos donde montábamos guardia, descubrí a un par de albañiles mientras recogían de la vereda los pedazos destruidos de un busto de Evita y los escondían en una bolsa de arpillera. Por las noches, en la cuadra, oí cómo el zapatero Ruiz suspiraba conteniendo el sollozo.

Yo no entendía muy bien por qué mi familia odiaba a Perón ni por qué otros lo querían tanto. Lo único que entendía era que el golpe militar de setiembre había dado felicidad pero también desdicha, y que por mí no pasaba ninguno de esos sentimientos. Yo sólo tenía tristeza, y la sensación de no estar en ninguna parte.

Una semana después de la caída de Perón, cuando pensábamos que ya todo había terminado, nos ordenaron formar fila en el patio con uniforme de fajina. Los oficiales que nos mandaban eran casi todos nuevos. Algunos de ellos se habían retirado del ejército durante los años del peronismo, pero el nuevo gobierno estaba reincorporándolos y ascendiéndolos de grado. Uno de los nuevos —creo que un teniente coronel de apellido Rauch— ordenó que sacáramos del arsenal el armamento pesado y que nos preparásemos para un enfrentamiento. A mí me habían entrenado como artillero de una ametralladora de agua, que tosía cien municiones por minuto, pero nunca la habíamos echado a andar. Cuando supe que debíamos reprimir una manifestación de dos mil obreros que avanzaban desde los ingenios hacia Tucumán, cantando la marcha peronista, sentí miedo. El odio de unos contra otros era tanto que esta vez —me dije— sólo podía terminar en muerte.

Salimos a eso de las dos. Un sol húmedo y vigoroso nos hundía en el cuerpo las municiones y los arneses. Cada uno de los soldados debía de llevar encima treinta o cuarenta kilos. Estábamos a las órdenes del capitán de aeronáutica que nos había entrenado meses atrás en un campo de deportes y al que luego perdimos de vista. Se rumoreaba que lo habían tenido bajo arresto por conspirar contra Perón. Ahora estaba de vuelta. Era un hombre ceñudo, retacón, que nunca se reía. A veces, cuando teníamos algún examen en la universidad, nos mandaba a la enfermería para que pudiéramos estudiar. Ni se nos ocurría darle las gracias.

A las dos y media nos apostamos en un extremo del puente, de espaldas a la ciudad, y pusimos vallas en toda la estructura. El río se veía escuálido como siempre, y los ranchos de las orillas parecían vacíos. Yo apronté mi ametralladora de agua y, al lado, otros artilleros hicieron lo mismo. Detrás, de pie, dos filas de infantes cargaban sus máuseres. Si los manifestantes franqueaban las vallas, teníamos orden de disparar. "¿Matarlos?", había preguntado el zapatero Ruiz. "Ésa es la orden", respondió el capitán. "Si cruzan las vallas, tenemos que matarlos."

El sol subió, entre vahos de humos anaranjados, y el turbio olor de la melaza cayó sobre la tarde. Pasamos media hora en silencio. Las moscas zumbaban y se posaban sobre las armas. De pronto, los vimos venir. Los dos mil hombres aparecieron en la otra punta del puente con sus overoles de trabajo y sus alpargatas raídas. Llevaban machetes, palos, lanzas con cuchillos en la punta y, de a ratos, los alzaban en son de amenaza. Cantaban la marcha peronista, como nos habían dicho, pero al entrar en el puente algunos se pusieron a gritar "¡La vida por Perón!".

El capitán ordenó que preparáramos las armas.

Los manifestantes avanzaron a paso rápido por el puente y antes de que pudiéramos darnos cuenta dejaron atrás las primeras vallas. "¡Soldados, listos!", gritó el capitán. En ese momento supe que no sólo yo sino ninguno de nosotros dispararía. Preferíamos ser fusilados antes que convertirnos en ejecutores de una matanza. Yo apunté mi ametralladora de agua hacia el cielo y los demás soldados hicieron lo mismo con sus armas. El capitán nos miró de reojo y tal vez comprendió, pero no hizo ningún gesto. "Apunten", dijo, y por la mira vimos las nubes pálidas de arriba y las bandadas de pájaros.

Cuando llegaron a la mitad del puente, los manifestantes se abrieron en abanico. Los hombres se situaron en la retaguardia y pusieron delante a las mujeres y a los niños. No dejaban de cantar y gritar. A medida que avanzaban, cantaban con más fuerza. Dentro de poco los tendríamos encima.

El capitán vaciló un instante. Luego subió a un jeep, enarboló su pañuelo blanco y fue al encuentro de la muchedumbre. Lo vimos bajar, hablar con algunos de los obreros y señalar hacia nosotros. No sé qué les diría. Sólo recuerdo que al cabo de un rato la gente guardó los machetes y, dando media vuelta, empezó a desandar su camino. Una de las mujeres alzó los brazos y, volviéndose hacia nosotros, hizo la V de la victoria. El zapatero Ruiz también alzó las manos, con los dedos abiertos.

Nunca volví a saber del capitán ni de Ruiz. Después del gobierno de Onganía echaron abajo el Comando y lo convirtieron en una playa de estacionamiento. He pasado muchas veces por esa calle y he vuelto a cruzar el puente sin sentir ningún recuerdo. Pero la historia siempre ha estado allí, esperando que alguien la contara. Estas líneas son el eco de ese llamado remoto.

Tinieblas para mirar

Le soleil se levait avec des bruits de bottes.
Il fut mené, les dents serrées, vers la potence.
Devant lui ses frères, derrière lui ses bourreaux.
Il se disait en lui-même:
Voici donc mon premier et mon dernier poème.
Un mot à dire, simple comme d'ouvrir les yeux.
Mais ce mot me mange du ventre a la tête,
je voudrais m'ouvrir du ventre a la tête
et leur montrer le mot que je renferme.
RENÉ DAUMAL
"Les dernières paroles du poète"

Veo la luz compartida de las inconsciencias, veo.
PACO URONDO
"Tinieblas para mirar"

Cuando se presentaba en mi casa de improviso, al amanecer o después de la medianoche, el Gallego Viñó abría todas las ventanas para que entrara el viento y se fuera el sueño. Era fornido, desgreñado y ruidoso. Avanzaba por la sala barriendo con sus manazas los caireles de las lámparas y tocando el tambor sobre los aparadores hasta que salíamos a recibirlo. Si a mí se me ocurría rezongar, me desarmaba con uno de sus típicos golpes bajos: "¿Sos o no sos un poeta, Hernán? Porque los poetas de verdad están con los ojos siempre abiertos, sobre todo si andan en la tiniebla".

A mi madre, que pasaba el día entero sumida en el silencio, puliendo los jarrones demasiado limpios que había heredado de papá, le parecía maravilloso que el Gallego trajera sus delirios a nuestro caserón de la calle Salguero y nos desempolvara de tanta tristeza. Apenas lo oía llegar, mamá se recogía las trenzas con una peineta y volaba a la cocina, canturreando, a preparar los huevos revueltos que nos hacían estallar en exclamaciones de gula. Luego, sentados ante el atril de música, ella ejecutaba al violín algunas romanzas que preparaban el ambiente para la entrada triunfal de Viñó, "máximo bardo nacional, cinturón negro del parnaso completo". El Gallego no se hacía rogar. De pie, con la voz correosa por el cigarrillo y el desvelo, recitaba sus espléndidos poemas sobre la noche de Buenos Aires. No había otra cosa en el mundo que me emocionara tanto. En verdad, no había otra cosa que me emocionara. Con la cara moteada de granos y puntos negros, narigón y para colmo pecho de pollo, yo vivía resignado a una mala relación crónica con toda clase de sentimientos. Sólo cuando el Gallego empezaba a desplegar sus poemas de pavo real, y yo a sofocarme por la pura conciencia de que jamás mi talento llegaría tan lejos, despuntaba en mí la esperanza de ver a la emoción posándose un día sobre mi confundida cabeza, como las lenguas el Espíritu Santo: "Tenés que despeinarte, Hernán", era el consejo del Gallego. "Despeinarte la educación, los buenos modales, la vida tan sin sorpresas que te ha tocado." Lo curioso era que mi madre solía asentir.

La casa de la calle Salguero estaba aislada entre matorrales y baldíos que las Fuerzas Armadas habían ido expropiando para construir edificios en torre. Nos presionaron un par de veces para que vendiéramos, pero mamá se negaba tercamente y nadie osaba contradecirla. Mi padre había sido coronel de Caballería, y los varones jóvenes de la familia, ahora tenientes coroneles o capitanes, le debían favores sellados con sangre. "O me defienden ustedes, o ya sabré yo cómo defenderme", los amenazaba mamá, invocando esos secretos. Y durante meses volvían a dejarnos en paz.

No sé qué hubiéramos hecho en aquella época triste sin el refugio de la calle Salguero. A diario sucedían tumultos, atentados y secuestros, pero lejos de nosotros. Un adivino implacable gobernaba el país. Amanecían cuerpos ahorcados y mutilados en los bosques de Ezeiza, y bandas de matones salían todas las noches en automóviles sin chapas a cazar a los enemigos del adivino y del ejército. Mamá decía que aquello no podía durar demasiado tiempo, que el desorden de tantos años ya se estaba despidiendo. Pero después de unas pocas semanas de calma, los desmanes recrudecían.

En la casa nos sentíamos a salvo. Amábamos la tierra firme bajo nuestros pies y los destellos cenicientos de la Cruz del Sur, que descendían sobre las parras y las pajareras del fondo. El Gallego solía burlarse de nosotros: "El espanto pasa por afuera, pero ustedes son los únicos que no tienen la culpa".

Cierta madrugada de agosto, el Gallego nos presentó a su compañera Selva, de la que no sabíamos casi nada. Ambos aparecieron sucios, con la cara veteada por largas rayas de lágrimas y polvo, pero apenas traspusieron el zaguán, el Gallego disimuló la aflicción bailando alrededor de mi madre e imitándola con el violín. Mamá se hizo la ofendida y los mandó a tomar una ducha tibia.

Fue, al principio, una de nuestras veladas inolvidables. Cuando los visitantes regresaron a la sala envueltos en batas de baño, ya les habíamos servido un plato de sopa de caracú y yemas, que tragaron quemándose la lengua. Mamá les dedicó luego una versión muy personal de "El vuelo del moscardón", añadiendo a la partitura un par de trémolos que nos descoyuntaron de risa. Por fin el Gallego, irguiendo sobre el cuello de toro su enorme cabeza, recitó en broma y luego con creciente solemnidad uno de los poemas por los que mamá sentía mayor devoción, y el único que despertaba en mí una innoble envidia.

Tiemblan los gatos en esta parte de la ciudad,
y su miedo es más viejo que su sabiduría…

Era una larga oda, y cuando terminó, Selva y mi madre lloraban.

Nada hay más hermoso que perder,
nada hay más hermoso que vivir, aunque sea perdiendo…

Oímos entonces el chillido de un automóvil frenando en la lejanía: nada, apenas una leve crepitación en el silencio de la calle. Alguien cerró una puerta de golpe. Alguien, tal vez la misma persona, pidió auxilio y gritó lo que parecía un número de teléfono. Selva se levantó asustada y pegó la espalda a la pared, como si una fuerza tenebrosa fuera a irrumpir en la casa con violencia. La toalla que le cubría la cabeza se soltó, dejando al descubierto su maravilloso pelo mojado. Se la veía desamparada, pobre niñita a la intemperie en aquella noche de gatos, y cuando mamá la abrazó para sosegarla, Selva se le fue escurriendo por la pared hasta el suelo y allí quedó, mirando al vacío y mordiéndose las rodillas. Sólo el Gallego pudo calmarla. La besó en la frente y en las sienes, y le fue diciendo, casi con el puro vapor de las palabras: "Ya está, ya pasó todo".

Los dejamos durmiendo en el sofá de la sala. A la mañana siguiente, cuando mamá fue a despertarlos con el café, se habían marchado.

Desaparecieron durante semanas. Todas las noches, después de comer, mi madre se instalaba ante el atril, violín en mano, y yo me esforzaba por sacar a flote algún poema. Solíamos darnos ánimos evocando la mandíbula potente del Gallego cuando se estremecía de carcajadas para festejar los conciertos de mamá, pero no era lo mismo.

A medida que avanzaba setiembre, fueron soplando vientos adelantados de calor, y luego otra vez el frío. Una vez vi al Gallego a diez pasos, tomando un colectivo a la salida de la universidad, y aunque le grité y agité los brazos para llamarle la atención, siguió de largo.

La noche en que reapareció, sin Selva, lo reconocimos a duras penas. El mechón de pelo que siempre le caía sobre la frente estaba teñido de canas. Tenía una oreja partida, aún con manchas de sangre seca. Mamá le señaló con inquietud las ojeras profundas que le avejentaban la cara y le dijo que no siguiera adelgazando: "Tenés los huesos grandes y no te sienta, Gallego".

Yo me animé a preguntar por Selva; él improvisó una sanata sobre investigaciones de campo en Santiago del Estero y cambió de tema. Mamá le dio de comer. Nos hundimos en un largo silencio. De pronto, sin mirar a nadie, dejó caer la cuchara sobre el plato:

—Se me acabó la felicidad —dijo—. Tuve que devolver la casa. Si no le importa, doña, voy a quedarme aquí unos días.

Mi madre aceptó. Ella y yo habíamos sido educados en la discreción, en el silencio y en la obediencia: como le gustaba a mi padre. Así fue que el Gallego se convirtió en nuestro huésped sin que supiéramos por qué o hasta cuándo. Las respuestas no nos importaban.

Pero desde entonces lo vimos menos que antes. La mayoría de las veces llegaba tardísimo, cuando ya nos habíamos cansado de esperarlo, y como ahora tenía las llaves de la casa, entraba en puntas de pie, esforzándose por no despertarnos. Yo procuré asistir más a menudo a las clases de la facultad, donde ya no se enseñaban sino consignas y estrategias revolucionarias. Los domingos salíamos con mamá a caminar por las plazas, y fatalmente recalábamos en un cine, con la esperanza de que el tiempo pasara rápido y de que al regresar estuviera el Gallego en el sofá de la sala, aguardándonos.

Sucedió una sola vez. Lo adivinamos desde el zaguán por los vahos de tabaco y el olor de ropa rancia. Al pie del atril, de bruces, dibujaba sobre unos papelitos minúsculos algo que parecían partes de un plano. Yo tenía tal ansiedad por mostrarle mis poemas que traje todos los borradores y le rogué que los leyera.

—Sólo dos o tres —condescendió.

Examinó pausadamente los primeros, que eran los mejores. Cuando los terminó, bajó la cabeza y no dijo nada.

—¿Qué tal? —lo apremié.

—Es una lástima —dictaminó el Gallego—. Te faltan sentimientos.

—¿Son malos?

—No —dijo—. No son nada.

Alguien susurró adentro de mí que, en instantes de tan absoluta decepción como ése, a un poeta debe brotarle el llanto. Y hubo nervios y músculos heridos, flamas de orina y palpitaciones de hígado que en ese punto de la noche se pusieron a llorar por mí. Hasta la más ajena de mis vísceras se sintió conmovida. Yo no.

Comenté, como si se tratara de otro:

—La falta de sentimientos es una enfermedad que no tiene cura.

Quién sabe, dijo el Gallego.

El miedo a sufrir era —creía él— lo que me había apagado las luces de adentro. Intentaba consolarme. Hasta tuvo la cortesía de citarse a sí mismo: "Te tapás la nariz y saltás al vacío alegremente". No me dieron ganas de seguir oyéndolo y me dejé vencer por un sueño mortal. Antes de ir a la cama, me reventé en el baño dos granos que todavía no estaban maduros.

A la noche siguiente, volvió de la calle cargado de discos. Nos hizo oír a Ravi Shankar improvisando plegarias con la cítara y luego unas canciones melancólicas de Spinetta dedicadas a una muchacha que no quería quedarse hasta el alba. Mamá simulaba bordar en un bastidor, y al rato desapareció de la sala en silencio. El Gallego estaba algo mustio. De pronto, soltó la idea:

—¿Serías capaz de pasar una semana entera al lado de un muerto? —Pero en el acto mencó la cabeza, desafiante—: No, no podrías.

—Sí podría —respondí sin vacilar—. Si algo naciera de eso: alguna emoción, la semilla de un solo verso que valiera la pena. ¿Por qué? ¿Vos no? —le dije.

—Yo también —repuso—. Pero no lo necesito.

Puso en el tocadiscos otra plegaria de Ravi Shankar. Abrió la boca para decir algo y se reprimió.

—¿Qué pasa? —le pregunté.

—No es fácil —dijo—. Es algo que puede cambiarte la vida.

—Dejá de dar vueltas —lo alenté—. Lo peor que puede sucederme es que nada me cambie la vida.

—Hay un camión especial que un grupo de amigos y yo hemos preparado para un gran viaje. Es un camión tanque: cabina y cisterna. Está vacío. Jamás le cayó una sola gota de querosén adentro. En el interior del tanque hemos instalado un colchón, una mesita de escribir, un vaso lleno de biromes y un bloc de papel. Tiene respiradero, letrina y servicio de comida renovable. La plena felicidad para una persona que sólo quiere escribir.

—¿Yo adentro? —me inquieté—. Nunca he podido probar si soy o no claustrofóbico.

—No tendrás tiempo para averiguarlo. A las 24 horas o antes, espero, meteremos un fiambre en tu dormitorio portátil.

Exhalé de una vez todo el aire que había retenido en los pulmones.

—Un cajón de muerto —aventuré.

—Sí, nada del otro mundo. Una persona reducida a polvo, a memoria pura: una pequeña bolsa de cenizas. Yo estaré la mayor parte del tiempo manejando el camión. Daremos vueltas por aquí y por allá, nunca demasiado lejos de Buenos Aires. De vez en cuando me relevarán los amigos. En algún momento aparecerá Selva. Te haré saber que está ahí, pero dudo mucho que podamos hablar. Un largo viaje en silencio. Una peregrinación en busca de tus sentimientos. ¿Qué te parece?

—Vas a estar orgulloso de mí —me jacté.

—Tanto no hará falta —dijo—. El operativo completo durará cinco días. Una semana, si hay demoras imprevistas. En algún momento del paseo, retiraremos el primer fiambre y pondremos a un muerto glorioso en su lugar. Entonces estaremos en la cresta de la ola. Los diarios y las radios inventarán identikits de nuestras almas. El ejército saldrá a cazarnos con lupa. ¿Te importa? Es por una buena causa.

—No me importa nada —dije—. Mi causa sos vos.

—De todas maneras, nadie te molestará. —Me puso una mano en el hombro. Yo sentí que mi suerte no le importaba—. Vos podrás seguir tranquilo en tu refugio, escribiendo o durmiendo. Nosotros no: en ese momento, tendremos que prender las lámparas de los cinco sentidos día y noche.

—Es muy poco lo que tengo que hacer —dije.

—Parece, pero es muchísimo —me estimuló el Gallego—. Llevarás una pistola ametralladora. Tu padre te enseñó a manejar armas, ¿no?

—Me enseñó. Pero sin esperanzas.

—No importa. No creo que las necesités. Es sólo por precaución. Por si acaso alguien nos retiene y milagrosamente descubre que no estamos en un camión corriente, y que llevamos esa clase de fiambres.

—¿Cuándo? —fue todo lo que pregunté. Porque en verdad no me importaba adónde iríamos ni con qué insípidos muertos: sólo la felicidad de estar cerca del Gallego.

—Pasado mañana al amanecer. Vamos a decirle a tu madre que estamos en un campamento.

Eran ya los primeros días de octubre. La ciudad estaba llena de sol, y las parejas se abrazaban a la sombra de los jacarandaes. Frente a la casa de San Martín, en Palermo, el adivino que nos gobernaba había entronizado sobre un pedestal algo que, según decían, era el huevo de Ciro el Grande: una piedra con inscripciones zoroástricas. Por las tardes, yo solía detenerme en aquella ribera de la ciudad para ver cómo la luz violeta de la primavera florecía sobre la piedra de otro siglo.

Pasé por la facultad para pedir que me postergaran los exámenes parciales, y a la hora de la cena le di la noticia a mamá:

—Seremos cuatro chicos en una camioneta —mentí—. En Mar del Plata, nos esperará Selva. Me muero por ver el mar bajo esta luz oscura.

—Selva es una criatura rara —fue lo único que dijo mamá.

Me preparó un maletín con varias camisas, jeans, suéters de cuello alto y zapatillas Flecha.

—Meté un rollo de papel higiénico —le pedí—. Vamos a pasar un par de noches a campo abierto.

El Gallego no apareció sino al mediodía siguiente, a bordo de un furgón blanco. Estábamos por sentarnos a almorzar, y mamá lo invitó pero no quiso. Me esperó ceñudo y de pie. Cuando salimos, yo tenía aún la boca llena.

—Llamen por teléfono —recomendó mi madre al despedirse.

Pasé aquella tarde tendido en una hamaca, leyendo a Baudelaire. El Gallego me depositó en lo que debió ser un conventillo: dos pisos ruinosos al pie de un puente que se elevaba sobre otras casas. Todas las habitaciones estaban amuebladas con desperdicios de remates. Imaginé que Selva o alguien que tenía que ver con Selva había pasado por allí, porque ella emergía de un portarretrato, con el pelo chorreando y la cara iluminada por todas las sonrisas de que era capaz una vida. Un hombre mayor la abrazaba, tal vez su padre. Me pareció que lo había visto en algún punto remoto de mi adolescencia vistiendo él también, como mi propio padre, uniforme con charreteras y fajas de color patrio.

Al caer la noche, el Gallego pasó a buscarme en el furgón para que echáramos un vistazo al naftero. Era un enorme gusano amarillo, con el símbolo de la Shell en los flancos y advertencias en grandes letras de que llevaba carga inflamable. Por debajo de la cisterna, junto al chasis, tenía dos bocas de acceso que simulaban una reparación de carrocería, y un respiradero cubierto con tela metálica de trama fina entre la cisterna y la cabina del conductor. El Gallego explicó que sólo debía abrir la tapa del respiradero cuando el camión estuviera en marcha. Y que jamás podría usarlo para hablar. "Hay oídos en los árboles", dijo.

Nos deslizamos en las entrañas del monstruo a través de una de las bocas. Olía a metal, pero el aire embolsado estaba fresco. El Gallego se me adelantó, arrastrándose, y encendió la luz.

Parecía que hubiéramos llegado de pronto al dormitorio de una casa de muñecas. Había una mesita baja, una alacena con vasos y cubiertos, tres sifones de soda, damajuanas de agua, latas de *corned beef* y manzanas frescas, todo al ras del suelo. Al fondo, bajo el respiradero, resplandecía una bolsa de dormir tendida con pulcritud, sobre la que estaban apilados almohadones y frazadas. El bloc de papel y los bolígrafos ocupaban un extremo de la mesita, bajo el haz de una lámpara de arquitecto. Junto a la bolsa de dormir, una escupidera.

—Es el único inodoro que conseguimos —se disculpó el Gallego—. Tendrás que bancarte el perfume de la mierda hasta que paren el camión y te lo retiren. Tres veces por día: no está mal.

El extremo trasero de la cisterna estaba limpio y libre. Supuse, sin que me lo dijeran, que allí pondrían los cadáveres.

—Dejaremos también una colchoneta en la popa, para amortiguar los golpes —explicó el Gallego—. Pero si sentís que la vibración es menor adelante que atrás, invertís todo de lugar y ponés a los fiambres bajo el respiradero. Qué vas a hacer. Tienen prioridad.

Volvimos al conventillo, bebimos en silencio un vaso de vino y nos dispusimos a partir. Le pedí al Gallego que me prestara su libro de Baudelaire.

—En la alacena hay también algunas novelas, por si acaso la poesía no te brota —dijo.

—A los veinte años, ya nadie lee novelas —le contesté con pedantería. Aún me faltaban dos meses para cumplir los diecinueve.

El camión se puso en marcha después de medianoche. Cerré la puerta del respiradero, prendí la luz del escritorio y me puse a revisar los libros de la alacena. Viñó era un redomado hijo de puta: no había novelas, y para tentarme había dejado las traducciones de Pound, Michaux y Pessoa que yo amaba tanto, a partir de las cuales se había desatado en mí la fiebre de la poesía. Descubrí *La realidad y el deseo* de Cernuda y las infaltables obritas de Bayley, Urondo y Madariaga, poetas nacionales sin cuyo alimento cotidiano yo seguiría en la nada. Era una prueba de fuerza. El Gallego quería obligarme a escribir o a perecer. Me proponía un juego de todo o nada. O bien yo sería un lector aplicado que me satisfacía con las grandes revelaciones ajenas, o por primera vez en la vida saldría a la caza de la voz propia hasta que acabara descubriéndola en las turbaciones de mi frígida garganta.

Apagué la luz y me puse a pensar. Mamá seguramente estaría de un humor lóbrego en su paisaje de jarrones, pero no iba a quemarse en aquel fuego con facilidad. El teléfono le había servido siempre de extinguidor.

Puse los dedos ante los ojos y no pude verlos: estaba ciego como un feto. Por el respiradero otra vez abierto, entraron brisas de eucalipto fresco y luego polen de gladiolos, y más allá el olor de la tierra humedecida, con huellas de caballos y de bueyes.

En el foso más negro de esa interminable oscuridad, el camión se detuvo. Alguien subió a la cabina: unos susurros reverberaron a lo largo de la cisterna. La pistola ametralladora estaba debajo de los almohadones: tanteé el seguro y lo solté con precaución. Me puse tieso. Desde afuera, rascaban con un palo la tela metálica del respiradero.

—¿Hernán? —oí que llamaban. Era Selva. Lo supe más por el perfume que por la voz.

—Te extrañé —le dije.

—Me conocés poco. Por eso me extrañaste —dijo ella.

Un cuerpo se le acercó y borró el perfume.

—Empezá a dormir, poeta —dijo el Gallego—. La noche será difícil y tendrás que despertarte antes de que amanezca.

—Adiós —contesté.

Rodamos durante horas. Yo no podía cerrar los ojos. Mi corazón era una cuerda de violín. Lo tocaba cualquier pensamiento y resonaba, resonaba. Recordé a mi padre: no habíamos cambiado más de veinte palabras en la vida. Y una sola vez pude besarlo: cuando lo trajeron a casa, fulminado por un infarto. La tarde anterior a su muerte, una barra brava del colegio me había emboscado al salir de clase, hiriéndome las rodillas y el cuero cabelludo. Yo sangraba mucho. Cuando entré a la sala, papá estaba aguardándome, con el ceño enconado. Corrí llorando a sus brazos, pero él me rechazó: "Nunca he podido soportar a los débiles", me dijo. Y me mandó a la cama. Sentí una horrible culpa cuando él murió y mamá quiso que lo besara. Acerqué los labios a su frente pero apenas lo rocé. Tuve miedo de que no le gustara mi beso.

Nos detuvimos en campo abierto. Pensé que estábamos entre las huellas de carros de alguna chacra porque el camión había avanzado bamboleándose, como si lo meciera un mar picado. Oí voces amortiguadas en la cabina: eran Selva y el Gallego. Aun a lo lejos, el pelo de Selva exhalaba un aroma de azahares. Hubo un silencio y luego ella se desperezó tanto que la lengua y el paladar acompañaron su movimiento. Oí —o adiviné más bien— que se besaban. Ella dijo, con la voz ahogada: "Despacio, amor, acaríciame despacio". Después hubo otro silencio muy hondo, como el de los insectos cuando corren a esconderse. Y en seguida, oí a los dos cuerpos abriéndose paso en un agua donde se entrecruzaban muchos caminos. Pero ellos siempre terminaban por encontrarse. Selva salía de un suspiro y entraba en otro, cada vez más ansiosa. Me bastó imaginar los largos muslos morenos aleteando entre los peces de aquel aire, me bastó respirar la sofocación de su boca para caer yo también de bruces, restregándome contra el vientre inhóspito de mi colchón, lamiendo la carne de los almohadones y las frazadas, Selva, Selva, mientras ella respondía desde la cabina: "Dámelo ya, dámelo ya, ya, ya", con babas, globos de aliento y pérdidas del sentido a las que yo jamás podría llegar. "¡Ahora, ahora!", se alzó la garganta de Selva, y en ese momento supremo yo sentí que el cuerpo se me ablandaba sobre la cama, se apagaba y volvía a quedar seco de todo sentimiento.

La frustración me hizo dormir. Cuando desperté, estábamos rondando sobre calles asfaltadas. Por el respiradero entraban, a intervalos, los reflejos de los faroles del alumbrado. De pronto, el camión ensayó una maniobra difícil y se detuvo. El Gallego se acercó al respiradero:

—No prendás ninguna luz, poeta. Dentro de siete minutos, abrí la entrada de atrás y quedate ahí, esperándonos. Si en media hora no estamos de vuelta, agarrás tus pilchas y te rajás. Con precaución, haciéndote el gil, te rajás para tu casa.

Limpié mis huellas y destrabé la entrada, tal como quería el Gallego. El pavimento y la penumbra de la calle me dieron un poco de miedo. Advertí de repente que los autos son chapas aullando durante la noche en busca de sus presas, y las bombas que destrozaban los supermercados, y los hombres que amanecían colgados en los árboles en Ezeiza, eran flashes de una terrible partida de caza. Entendí el sobresalto de Selva cuando, recién salida de la ducha, sintió la crepitación de un automóvil en el silencio de la calle Salguero y adivinó que a ella también andaban buscándola. ¿A ella y a cuántos otros que yo conocía y no sabía?

Nueve minutos de espera. Pobre mamá, pensé. Tan ajena a todo esto y sin embargo tan en el centro, calentando la comida para Selva y tocando el violín para el Gallego, como los músicos que acompañaban a los condenados en Auschwitz. Pobre mamá. Doce minutos. Todo el aliento que había en mi cuerpo subió hasta el corazón y empezó a congestionarlo. Pero no era yo quien respiraba. Era el vientre de la enorme bestia donde yo estaba aguardando.

Al cuarto de hora, dieron dos golpes suaves sobre el chasis, como habíamos convenido.

—Ayudá a subir el cajón —me apremiaron—. Subilo, rápido.

Era un ataúd solemne y pesado, con agarraderas de plata. El Gallego montó de un salto a la cisterna para ayudarme, y entre los dos pudimos depositarlo con cierta facilidad sobre la colchoneta de la popa. Otro hombre vino detrás de él. Estaba encapuchado y hablaba por señas. Llevaba consigo un sable, una faja con los colores argentinos y una gorra militar. Dejaron todo en desorden y se marcharon de inmediato.

Cerré la puerta y durante mucho tiempo quedé alelado en aquella oscuridad de pozo, mientras el camión avanzaba a toda velocidad hacia otro mundo.

Vagamos durante días por tierras que desconozco. El camión reventó un par de gomas que debieron ser cambiadas al abrigo de la noche, y apenas arrancó estuvo a punto de quedarse varado en un abra donde volaban zarzales y caranchos.

Fueran quienes fuesen los que se turnaban al volante, estaban de un humor sombrío. No oían música, pasaban de largo por los pueblos y ni siquiera conversaban. Cierta vez nos detuvimos ante un puesto de la policía caminera. Había, supongo, una larga fila de autos esperando porque me amodorré, y al despertar, allí seguíamos. Las motos de las patrullas zigzagueaban entre los vehículos. Oí, cada vez más cerca, voces que ordenaban abrir los baúles y bajar el equipaje al pavimento. Un niño rompió a llorar con tanta persistencia que la garganta se le fue apagando, como una llama al quebrarse. Yo me sentía vacío y resignado por dentro, y en ese instante no me hubiera importado que me sorprendieran. Pero papá: ¿él qué diría si yo me dejaba sorprender? Iba a volverme para preguntárselo cuando alguien golpeó la cisterna con un palo, una y otra vez. El aire vibró tanto que me sentí como suspendido en el interior de una campana de iglesia.

—¡Todos los documentos! —ordenó una voz tan neutra que sólo podía ser la de un policía. Estábamos en un aprieto: por los golpes, la patrulla ya habría advertido que no cargábamos nada en la cisterna—. ¿En qué zona van a repartir esta nafta? —preguntó el hombre, afinando la trampa.

—Es querosén. Y ahora vamos a llenar —respondió el Gallego con tal inocencia que lo hubiera besado—. Al fin nos toca volver a casa.

Al cabo de diez minutos, marchábamos a toda velocidad por una ruta abierta, llana, libre como los verdaderos sentimientos. Tuve ganas de escribir pero todo el tiempo se interponía en mi lenguaje un odioso poema de Pessoa. "No soy nada./ Nunca seré nada./ No puedo querer ser nada./ Aparte de eso, tengo en mí todos los sueños del mundo." Era un zumbido que no me permitía pensar en otra cosa. El punzazo de un grano en el cuello, al lado de la carótida, vino a salvarme. Lo apreté con furia. Como sucedía cada vez que yo arremetía contra un grano, entré en rápida erección. Me toqué. Empujé el pesado mástil hacia abajo, hasta que me dolió. Estaba ansioso de darle alivio y consuelo. Dejé que mi imaginación se internara en aquella Selva selvaggia cuyo perfume de azahares se me había posado sobre todo el cuerpo, y avancé en el aire de sus muslos, desgarré las sofocaciones de su boca, Selva, dámelo ya, dámelo ya ya selvaggia. Sentí que ella se acercaba. Ahí, ahí.

Entonces me paré en seco. Aquella paja al viento, ¿para qué? Me dejaría con la mente inerme, pegajoso, lleno de granos: yo lo sabía. Ni un solo poema brotaría de mí hasta la otra mañana. Y además estaba papá, que podía verme.

Felizmente, el camión tomó un atajo y se detuvo. Casi en seguida golpearon a la entrada de la proa y me dejaron un plato de guiso, al tiempo que estiraban la mano para retirar la escupidera llena de mierda.

—¡Gallego! —dije, imprudente, sin saber dónde estábamos.

La voz que me respondió no fue hostil, sin embargo. Ordenó sin afecto, ira, conmiseración ni sentimiento alguno que pudiera brotar de un corazón humano:

—A callarse la boca.

Repetí, más amedrentado:

—Quiero hablar sólo un momento con el Gallego.

Pero la voz insistió:

—A callarse la boca.

Durante las incontables horas que siguieron me mantuve mudo. Mi cuerpo olía mal y no me habían dado agua para lavarlo. Acerqué las patas a la nariz y me las lamí un poquito. Papá dormitaba y a ratos lo sentía arrastrarse en la oscuridad. Leí a Pessoa con desgano. Escribí el comienzo de un poema y lo rompí, desilusionado. Me pregunté si de verdad yo era (soy, alguna vez seré) un poeta, y la respuesta fue un viento de sequedad que me quemó físicamente las entrañas y me dejó más al desamparo que nunca.

Al tomar una curva, la cisterna mordió la banquina y la gorra militar cayó del ataúd. Encendí las luces de popa. Los bamboleos del camión habían regado por todas partes las propiedades del muerto: la faja azul y blanca estaba manchada de barro, la gorra había dado tantos tumbos que los laureles de la visera colgaban de los flancos, despegados. El sable corvo se mecía sobre el crucifijo del cajón, debajo del cual debía de estar la cabeza de un hombre. Una placa de metal informaba quién era: Tte. Gral. Pedro E. Aramburu (1903-1970).

Sentí una inesperada turbación. Nada del otro mundo: sólo la oscura conciencia de haberme infiltrado sin querer en la Historia. Papá murmuró: "Fui edecán de Aramburu. Lo ayudé a sublevarse en Curuzú Cuatiá". No supe qué responderle. Jamás había querido hablar de ese tema en nuestra casa.

Aquel muerto había derrocado a Perón en 1955 y se lo acusaba de los exilios y las afrentas sufridas desde entonces por el cadáver de Evita, la esposa de su enemigo. Mamá solía decir que, en la vejez, Aramburu se había amansado. Buscaba la reconciliación nacional pero ya nadie le creía. Cierta mañana lo secuestraron en su propio domicilio, y al poco tiempo le dieron muerte en un sótano de campo, al cabo de un juicio sumario en el que se había comportado con entereza.

Tuve la tentación de abrir la mirilla del ataúd y comprobar si era él en verdad, pero me acometió la cobardía como tantas otras veces y, volviéndole la espalda, apagué las luces de atrás luego de poner la gorra en su sitio.

Al anochecer, entramos en una ciudad. Yo iba con la cara pegada al respiradero y la imaginación vacía. A veces nos demoraba un semáforo o caíamos en un nudo de tránsito, pero avanzábamos, avanzábamos. Yo era el único que no sabía hacia dónde.

Empezó a llover. Oí un alboroto de pájaros y luego, de pronto, un silencio absoluto: el punto cero del silencio donde no hay animales ni vientos ni siquiera latidos del corazón. Parecía que el camión hubiera entrado en una caverna donde mandaba la nada. Aguardé un largo rato sin moverme. Creí que habíamos llegado al fin y no sentía curiosidad por lo que vendría después. Me vi entrando de nuevo en la calle Salguero, sin ningún poema en las alforjas, y abrazando a mamá mientras ella me amenazaba con una romanza de Schubert al violín. Todo lo mismo: la maldita vida que nunca terminaba de pasar.

La voz del Gallego irrumpió de pronto en el respiradero:

—Hernán, ya falta poco. Tenemos que esperar aquí un cuarto de hora. ¿Querés salir a estirar las piernas?

—No —dije. Prefería no dejar solo a papá—. Estoy bien en la oscuridad.

—Hay más oscuridad aquí afuera —dijo—. Te vas a sentir mejor.

—Mucho quilombo —lo tranquilicé—. Entrar, salir, entrar.

—Era una experiencia de poeta, ¿sí o no? —preguntó ansioso, sólo por amistad. No le importaba la respuesta.

—Es una experiencia de mierda —dije—. Lo único que quiero es un baño caliente. Estoy oliendo a mono.

—Este viaje es el último —expicó—. Y el más corto. Vamos a retirar el muerto que está ahí dentro y a ponerte otro mejor, lo máximo. Tendrás que vigilar eso de cerca. Que no se mueva en las curvas ni se parta una sola astilla del cajón, ¿entendiste?

—Sí —me resigné, aunque temía que se llevaran también a papá. Oí mi propia voz afligida—: Gallego, ayer pregunté por vos. Tuve un bajón del alma y te llamé. No estabas. Me mandaron a callar. Te necesitaba a vos o a Selva. No había nadie.

Acercó la cara al respiradero. Sentí su aliento a sótano. También él llevaba mucho tiempo sin ventilarse.

—Ya no podés quebrarte, Hernán. Es demasiado tarde. El país entero nos está buscando, pero nadie piensa en este delirio del camión cisterna.

—No tengo miedo —lo tranquilicé—. Sólo quiero que se acabe de una vez.

—Yo también quiero —dijo.

Le pedí un cigarrillo. Me pasó su encendedor y un atado de Jockey. Apreté su mano en la oscuridad, a través de la proa.

—Me devolverás el encendedor en tu casa, mañana o pasado —sonrió—. Será un gran día, y vos no sabrás qué hacer con tantos sentimientos.

—Sonás patético —le dije.

—La historia es patética —contestó, no sé si con H mayúscula.

Al rato, el camión volvió a navegar por unos canales grises y tortuosos que olían a humedad y a cuero de reses. Prendí un cigarrillo pero lo apagué al instante. La presencia de papá me intimidaba.

Frenamos de golpe. Abrí la entrada de popa, como habíamos convenido, y ayudé a bajar el ataúd de Aramburu. Todo resultó tan fugaz, tan ajeno al ritmo de mi cuerpo que, cuando alguien dejó la cisterna a oscuras y me puse otra vez a mirar las tinieblas, papá ya no estaba.

Me arrastré, buscándolo. No hice nada, fuera de la felicidad de arrastrarme. Palpé, extendí el tacto hacia donde ya no había oscuridad pero sí partes de mí. Llamé a papá, papá, no muy alto para que no me rechazara. En el camino, encontré la gorra del general. La habían olvidado. Estaba húmeda. Apestaba.

Me limpié con unos trapos, pero apenas las manos se acercaban a la nariz, el olor me estremecía. Busqué los cigarrillos, para sosegarme. Sentí que papá ya no volvería.

El camión volvió a frenar. Las llamadas fueron esta vez imperativas y me tomaron por sorpresa. Enredándome con los cables, me arrastré hasta la entrada de popa. Apenas abrí, dos encapuchados irrumpieron en la cisterna. Se movían como chispas eléctricas. Uno de ellos me apartó brutalmente. Yo debía de oler muy mal, con el cuerpo untado de porquería y abandono. Subieron una caja pequeña que parecía el ataúd de un angelito y la depositaron con devoción sobre la colchoneta. Antes de salir, uno de los encapuchados me arrebató la gorra militar y dejó caer sobre mí estas palabras netas:

—Ahora cachás la pistola, le quitás el seguro, y nunca más sacás el dedo del gatillo.

El camión arrancó a paso redoblado, pero después de la primera curva alcanzó su velocidad de crucero, y yo pude respirar a pleno pulmón en aquel aire encajonado que se volvía más y más nauseabundo.

Estábamos llegando al campo. Lo supe cuando Selva, que había estado tarareando los primeros compases de "Los mareados", levantó vuelo con todo el ancho de la voz, más y más alto, hasta que la garganta se le abrió en una dulce bandada: "Hoy vas a entrar en mi pasado/ en el pasado de mi vida". Lleno de entusiasmo me acerqué al respiradero en el momento preciso en que otras dos voces masculinas se sumaban a los gorjeos de la soprano, y decidí yo también dejar caer mi canto sobre aquel otro coro: "Hoy nuevas sendas tomaremos/ Qué grande ha sido nuestro amor…". Y sin embargo ay, el Gallego nos hizo callar y ordenó desde la cabina:

—Vos no, poeta. A vos te agarra la ley del silencio.

Cerré con desaliento el respiradero, encendí todas las luces, y cigarrillo en mano ensayé un poema sobre Selva/ y su corazón/ en el que yo jamás cabría. Las dos primeras líneas no estaban mal, pero de ahí en adelante se precipitaba en la mierda. Abandoné: indignado, perdido. Cuando todo esto terminara, le diría al Gallego que pintara en el frontispicio del camión la inmortal arenga del Dante: "Quienes entran aquí, pierden toda esperanza".

Rodé hasta el fondo para examinar el cajón por el que tanto nos habíamos desvelado. Era modesto, ordinario, y no tenía placas de identificación. Un jefe guerrillero, supuse. En estos tiempos de necrofilia nacional, era el canje lógico por Aramburu. Iba a volverme ya a buscar consuelo en Baudelaire o a reclinar acaso mi derrotada cabeza sobre el legado de Ezra Pound, cuando oí la voz, su violín me llamó. Y entonces levanté la tapa del ataúd.

Al principio no la reconocí. Llevaba el pelo recogido en una gran trenza rubia. Vestía una túnica que en otros tiempos debió de ser blanca pero que era ya un matorral de óxido y tierra. Los pies estaban a la vista: heridos, romos, como si se les hubiera pasado un rallador por las puntas. El lóbulo de la oreja izquierda había sido cortado y vuelto a pegar. Había en ella algo inhumano, a medio camino entre la resurrección y la muerte: una criatura del museo de cera debajo de la cual yacía su cuerpo. Entonces supe: era Evita, su residuo, su momia. La difunta que los argentinos habíamos perdido casi veinte años atrás estaba allí de nuevo. Y yo a su lado: el poeta sin alma.

Me dije: no sentirás nada. La nada tenía que durar en mí porque era mi único bien. Ni siquiera esta memoria de Evita prendida con alfileres a lo que alguna vez había sido su cuerpo: tampoco eso me pertenecía. Afuera, en un horizonte que estaba a muchos siglos de mí, Selva seguía gorjeando un valsecito: "Mi sueño/ que tanto te sueña/ te espera, pequeña". Toqué los dedos de Eva con la punta de mis dedos. Estaban entrelazados sobre el pecho y de ellos manaba el rosario que Pío XII le había regalado durante el viaje triunfal de 1947. Después me toqué la cara, para sentir que yo era yo. La tenía húmeda, arrasada. Estaba llorando. Por primera vez desde la infancia, yo,

Hernán Uriarte, sentí la llamarada del llanto lloviendo sobre mi corazón.

En ese instante, alcanzamos el fin: a la velocidad de un cometa, como si todos nos hubiéramos
congelado de pronto en un fogonazo. El camión
amenguó la marcha. Creí que se detendría. Tal como
lo había hecho otras veces por precaución, rodé hacia
adelante para apagar las luces, pero alguien lo hizo
antes que yo desde la cabina del camión. Señal de extremo peligro: alguna valla o puesto militar nos estaba vedando el paso por la carretera. De repente, el
camión dio un viraje brusco y rodó a los tumbos por
un sendero de pedregullo.

Casi de inmediato, sucedió algo que nos detuvo. Oí que las puertas de la cabina se abrían. Casi
a mi lado, alguien empezó a disparar una ametralladora. Otras ráfagas vinieron de lejos. Sentí que el aire
se quemaba.

—¡Gallego! —gritó Selva. Era una voz quebra-
da, oscura, que ya había saltado a la otra orilla.

—¡Hijos de puta, hijos de puta! —insultó el
Gallego, corriendo hacia el negro vacío. Y luego, con
una voz que ya no tenía carne ni aliento sino la pura
soledad de la muerte, dijo: —¡Que no te la quiten,
poeta! ¡No dejés que te la quiten!

Me quedé piola, mudo, respirando bajito. Horas enteras estuve así, en aquella oscuridad sin fondo,
aguardando no sabía qué, aguardando.

Afuera ardieron y se apagaron órdenes militares:
ardieron y se apagaron durante un día y una noche, o
una sucesión infinita de noches. Oí la sirena de las am-
bulancias cuando vinieron a recoger los cuerpos. Oí el
recuerdo de Selva amando como nadie en la infelicidad

de su corta vida. Oí mi propio corazón temeroso, que latía desolado y de la más triste manera.

Muchos granos me germinaron con furia en el cuello y en las sienes. Apenas trataba de reventarlos, se hinchaban y mis dedos ya no podían con ellos. Una tarde, los guardianes de afuera cocinaron sopa. Mamá vino a hacerles compañía y tocó el violín. La oí: era su eterna romanza de Schubert. "¡Hijo, salí de ese agujero!", llamó con toda claridad. En voz muy baja, le contesté que no se podía: el Gallego quería que no dejara sola a Evita por nada del mundo.

Al día siguiente, exploraron la cabina y recorrieron cada milímetro del chasis. Abrieron las bocas de las mangueras y la tapa de la cisterna, hundiendo aquí y allá largos alambres con garfios en las puntas, hasta que tocaban fondo. Yo contenía la respiración e intuía las patas babosas de los alambres. Entonces las desviaba de su camino. Nada encontraron. Más tarde cayó una lluvia fuerte y los oí refunfuñar. Yo también estaba fuera de mí.

Evita se molestó conmigo: "Andá con tu mamá y luego veremos. Luego arreglamos cuentas". Se me saltaron las lágrimas. "No te dejaré, mamacita", le prometí. "¿Cómo se te ha ocurrido que podría dejarte?"

Al anochecer, movieron el camión. Mientras avanzábamos, una radio militar transmitía órdenes enrevesadas, en las que una y otra vez se mencionaba el destino, el destino. Barajaban sin cesar parámetros, organigramas, datos negativos y positivos: impuras palabras que me dañaban la sangre. Querían entregar la cisterna a su legítimo propietario y cerrar el expediente. Huellas digitales identificadas, armamento confiscado, vehículo regresando a su destino natural. Mamá tocó el violín con tantos bríos que debí taparme los oídos. Tuve un retortijón en las tripas. Y los granos me dolían. Y la oscuridad me daba miedo. "Acercate, mamá", le pedí. "Acercate y dame un beso". Pero Evita dijo: "No. Ella tiene que ocuparse de mí y arreglarme las trenzas".

Tuve la felicidad de dormir. Me despertaron unos zumbidos mecánicos y una terrible helazón en los pies. Por la boca de la cisterna, caía un grueso chorro. En plena oscuridad, se alzaban hilillos de vapor. Evita observaba todo con una expresión afligida. Vestía una combinación de seda y llevaba el rodete arreglado con esmero: gracias a los dedos de mamá.

Pero qué frío, qué marcas tan dolorosas de frío en cada línea de la carne. El chorro que caía era de puro querosén. Las damajuanas flotaban en aquel lago viscoso. Se había hundido mi colchón. Y Pound, ¿él adónde había llevado su regazo? También el ataúd empezaba a flotar.

Así lo había dicho la radio: vehículo regresando a su destino natural. La cisterna recuperaba su alma de querosén. Y yo, una humilde mujer del pueblo, descansaba a mi lado. Yo prefiero ser Evita si ese Evita sirve para mitigar algún dolor y enjugar mis lágrimas, mis lágrimas.

"Ay, cómo podés mirar en las tinieblas", se asombró mamá. Pero yo miraba. Sólo con aquella molestia del querosén que caía. Y una que otra lastimadura en la carne. Y el frío que alzaba vuelo, la marejada que ya me golpeaba los muslos.

Evita vio dos lunas en el cielo de Milán: una noche de dos lunas, y al amanecer dos soles en el horizonte de Milán, porque mi señor Perón así lo quiso, y yo no muero sino para él, eternamente muero por Perón y por mi pueblo. Entonces, el ataúd de Evita vino navegando hacia mí.

"No la dejés en esta tiniebla", suplicó mamá. "Alumbrala, alumbrala. Ella sólo pide una mísera llama." Ya voy, mamá, le dije. ¿No ves que el Gallego está muy preocupado? ¿Y cómo no estarlo? Su libro de Baudelaire ya se había perdido en aquel vientre de querosén que subía y subía. La alacena, el colchón, la mesita, las lámparas, la tiniebla, todo estaba desvencijándose bajo aquella voz de hielo. "Quién parará la lluvia", dijo el Gallego. Quién parará esta lluvia. Yo, santa Evita, dije.

Y para no afligir más a mi madre, la alumbré. Levanté el encendedor del Gallego lo más alto que pude, e hice brotar una llama entre los vapores. Una sola llama.

Purgatorio

A las diez de la mañana, Antonio Malabia había escrito ya tres nuevas páginas de *Purgatorio*, la novela que pensaba publicar ese verano europeo. Varsovia era el lugar perfecto para trabajar. Abundaban la quietud y el ocio. Durante su primer año y medio como embajador, había logrado compilar una antología de textos sobre el campo de Auschwitz y terminar un ensayo sobre el carácter argentino, que refutaba —ocho décadas más tarde— las opiniones de Ortega y Gasset. Nada lo distraía de *Purgatorio*, que iba a ser su obra mayor. Los asistentes de la misión diplomática eran insípidos y sólo ocupaban el tiempo en buscar, codiciosos, alfombras y artesanías para sus casas de Buenos Aires. Malabia —se lo repetía todas las noches— era más leal a la patria escribiendo novelas que inaugurando seminarios en el Club de Embajadores.

Se había impuesto una rutina de hierro. Escribía de siete a doce todos los días hábiles. A la hora del almuerzo, despachaba los pocos papeles que debía firmar, aprobaba los informes que se enviaban al canciller y visitaba a funcionarios del gobierno polaco para imaginar intercambios comerciales que jamás llegaban a nada. Por la tarde, se encerraba en el despacho a discutir la traducción de sus libros con la agente que tenía en Barcelona, o bien revisaba en Internet los ensayos y tesis que le dedicaban en las universidades norteamericanas. Con frecuencia, redactaba también largas cartas protestando porque no lo mencionaban en tal o cual inventario de la narrativa nacional.

Le sorprendió que el canciller en persona lo llamara por teléfono para decirle que el presidente quería verlo en Buenos Aires. El viaje trastornaría la rutina de su escritura.

—No entiendo qué puede pasar —se defendió—. Acá todo sigue como si el tiempo no se moviera.

—¿Qué es lo que deberías entender? —dijo el canciller—. Órdenes son órdenes.

No pudo seguir hablando porque la comunicación se interrumpió. Ya le habían recortado los gastos de teléfono y de correo. Amenazaban también con cerrar la embajada. Tal vez se trata de eso, pensó Malabia. Van a trasladarme a Buenos Aires en la mitad de la novela. Qué país de mierda.

Era un diplomático modelo, que había pasado de la dictadura militar a los gobiernos democráticos sin la menor lesión en su foja de servicios. Se ufanaba de ser un funcionario de carrera, sin ideas políticas, y de estar sólo interesado en la gloria literaria. Había hecho todo lo posible por alcanzarla, y creía tenerla ya en la punta de los dedos.

Cada vez que se disponía a escribir una novela, tomaba la precaución de que coincidiera con alguna efemérides o con hechos que llamaran la atención de la prensa. En 1990, por ejemplo, dio a conocer *Checkpoint Charlie*, un relato sobre las desventuras de dos monjas argentinas la noche que cayó el muro de Berlín. El embajador en Israel consiguió que lo tradujeran al hebreo y Malabia fue mencionado ese año para el premio Jerusalén. En 1992, año del quinto centenario del descubrimiento de América, publicó *Rodrigo de Triana*, una ficción histórica en la que el vigía de Colón, desalentado por el olvido de su gloria, se convertía al islamismo y terminaba sus días como mercader en el desierto de Marruecos. Se corrió la voz de que esa novela le permitiría a Malabia ganar el premio Cervantes, y casi fue así: en vez de darle el premio, lo nombraron jurado. En 1995, cuando se demostró que la Argentina había sido uno de los santuarios favoritos de los nazis fugitivos, escribió *El secreto de Richter*, una ficción de ciento veinte páginas en la que el científico alemán construía en el lago Nahuel Huapi no el laboratorio atómico que Perón le había encomendado sino una máquina endemoniada que borraba la memoria genética de los recién nacidos y creaba una raza de hombres perfectos. Se presentó al premio Emecé, al Planeta, al Nadal, y fue finalista en todos pero no ganó ninguno. En octubre de 1997, por fin, publicó *No te olvides del Che*, austero melodrama en el que una enfermera del Congo narraba, en forma de diario, su historia de amor con el guerrillero argentino. Ese año, el embajador en Cuba logró que lo coronaran con el premio Casa de las Américas.

El éxito de las novelas era más bien modesto, porque el lenguaje de Malabia, contaminado por la diplomacia, no levantaba vuelo y fluía tan monótono como pomposo. Ahora se estaba arriesgando al máximo. Desplegando una erudición y mudando el tono dos o tres veces en un párrafo, como Thomas Pynchon, estaba construyendo un monumento narrativo sobre las desventuras del cadáver de Eva Perón, que a veces se retorcía en la comicidad y otras veces se desplomaba en el patetismo. *Purgatorio* le parecía un título modesto y no se resignaba a que fuera el definitivo. De lo que estaba seguro era de que la esquiva gloria saldría por fin a su encuentro cuando la novela apareciera en el cincuentenario de la muerte del personaje.

Esa mañana había completado una escena que le parecía genial. Una niña de diez años encontraba el cadáver detrás de la pantalla de un cine y lo confundía con una muñeca. El relato mezclaba voces que parecían fluir de la muerta con interjecciones de la película que se proyectaba en la función de matiné, *Abbott y Costello contra los fantasmas*. El efecto era extraño, joyceano, porque Malabia había encabalgado fragmentos de los discursos verdaderos de Evita con las onomatopeyas sin sentido de Lou Costello. Las líneas se sucedían, ilegibles, pero con una sublime belleza coral.

La llamada del canciller lo puso de tan mal humor que ya no tuvo ánimo para seguir escribiendo. Pasó el resto de la mañana tratando de averiguar por qué debía volver a su país. Nadie lo sabía. Uno de sus secretarios le dijo que el primer vuelo disponible era a la mañana siguiente, vía Frankfurt. Preparó las valijas sin pensar, como si estuviera yendo a ninguna parte.

Aterrizó en Buenos Aires el domingo a las once. Un emisario del presidente lo esperaba a la salida del avión para llevarlo a la residencia de Olivos. A duras penas logró Malabia que le concediera una hora para ir a su departamento, darse una ducha y cambiarse de ropa. "Entonces vístase con un equipo deportivo", le dijo el emisario. "Ya sabe que al presidente le gusta jugar al tenis con las visitas."

El embajador cometió la ridiculez de hacerle caso, y así apareció fotografiado en los diarios del día siguiente, con un bolso de Adidas y una raqueta, a la vez servicial y desconcertado. Después del vuelo de veinte horas, tenía la expresión de alguien que se ha confundido de lugar o que llega demasiado tarde. Las fotos son tan sólo apariencias y rara vez explican la realidad. Las de aquel domingo fueron tomadas cuando, al bajar del automóvil y caminar hacia la residencia, en Olivos, Malabia divisó al presidente sentado a la mesa del almuerzo, en el jardín, con otros veinte invitados. Los edecanes le dijeron que esperara y lo dejaron solo. Estuvo un rato largo de pie, bajo el sol, observando de reojo a los comensales. Eran miembros de la inmensa familia del presidente o mujeres que alguna vez habían sido sus amantes. Todos llevaban pesadas cadenas de oro y conversaban a los gritos. En un extremo de la mesa, dos viejos calvos, ajenos al alboroto, jugaban a los dados.

El presidente se levantó al fin de la mesa e hizo señas al embajador de que lo siguiera hacia las oficinas que estaban cerca de los garajes. Atravesaron en silencio dos o tres vestíbulos y entraron a un cuarto de bibliotecas vidriadas con las obras completas de Samuel Johnson, de Gibbon, de Sarmiento, de Pérez Galdós, de Chateaubriand, que ningún lector jamás había tocado. Un mozo en ropa de gimnasia sirvió café. El presidente le preguntó a Malabia cómo estaba su esposa y ni siquiera esperó la respuesta. Impaciente, lo invitó a sentarse en un sillón demasiado blando, donde el cuerpo se le hundía como en una parva. A su vez, él se instaló en un sofá monárquico de patas altas, colocado sobre una tarima. La luz de la ventana le daba de lleno sobre la espalda, de tal manera que Malabia, cegado por el resplandor, no podía mirarlo a los ojos. Lo avergonzaba verse de pantalones cortos y zapatillas, con la raqueta en la mano, mientras el presidente vestía un impecable traje blanco.

Entre las bibliotecas, había un gran retrato al óleo de Evita Perón, pintado por algún tardío sobreviviente del romanticismo. Junto al cuadro, se abrió una de esas puertas invisibles que parecen molduras de la pared. Por allí entró el canciller seguido por un gigante de dos metros al que Malabia no había visto ni en fotografías. Una floresta de pelos le asomaba sobre el cuello de la camisa. Aunque se presentó con un gruñido, el embajador logró descifrar su nombre: Onésimo Tagliaferro.

—Voy a ser rápido —dijo el presidente—. No soy de los que hacen esperar a la gente. ¿Conoce Andorra?

—Estuve allí de paso hace once o doce años —respondió Malabia—. Me sorprendió que la naturaleza fuera tan espléndida y el país tan feo. Me sorprende también tener que explicarlo así, porque en ese país casi no hay otra cosa que la naturaleza.

Por un momento, la fantasmal idea de vivir en Andorra lo aterró.

—No exagere, Malabia —dijo el canciller—. Andorra está en el centro de Europa. Es Europa en estado puro. En las rutas, los letreros no dicen "Barcelona: 210 kilómetros" o "Toulouse: 195 kilómetros". Dicen: al norte Francia, al sur España. Se ve que es un pueblo ilustrado.

—Mil años de cultura —apuntó Tagliaferro con voz ronca. Al embajador le pareció que la palabra cultura desafinaba en el gigante como un golpe de timbal en un cuarteto de cuerdas.

—Necesitamos en Andorra un hombre de imaginación —dijo el presidente—. Un escritor. No lo voy a enviar ahí por mucho tiempo, Malabia. Y quién le dice, estando tan cerca de Barcelona, que no vayan a darle uno de esos premios que los españoles ofrecen a patadas. Cuando tenga interés en alguno, usted me avisa. Yo llamo por teléfono a Madrid y se lo consigo. Allá me deben más de un favor.

—Soy un representante diplomático del gobierno y voy a hacer lo que usted me ordene, señor —dijo Malabia con solemnidad—, pero francamente no veo para qué puede servir un embajador en ese lugar.

—No queremos un embajador —corrigió el canciller—. Queremos un enviado plenipotenciario: una llave que nos abra Europa.

Malabia no entendía la metáfora. O tal vez ellos no sabían lo que querían. El presidente ya había dado varios pasos en falso al viajar al extranjero. Había invitado al Sumo Pontífice a pasar unos días de vacaciones en los viñedos de San Juan y, durante una ceremonia oficial, había besado en las mejillas a George W. Bush, que no supo cómo responder. Al hablar, se llevaba a cada rato las manos a los bolsillos y se acomodaba los testículos. Malabia se preguntó si también lo habría hecho durante la audiencia con el Papa.

—Con Andorra, no es posible hacer acuerdos, señor —lo ilustró el embajador—. Es un principado sin príncipes. Los dos jefes del Estado ni siquiera viven ahí: son el presidente de Francia y el obispo de Urgel. No tiene moneda propia ni aduanas. A los que entran desde España o desde Francia no les piden el pasaporte. Sólo hay montañas, cabras, aguas termales y pistas de esquí. Antes era un paraíso bancario;

ahora, quién sabe. Hasta 1993, fue un Estado más o menos feudal. Después, se resignó a la democracia.

—Precisamente —dijo el presidente, levantándose y dejando caer su palma amistosa en el hombro de Malabia—. Está todo por hacer. Me han recomendado que firme una alianza con los andorranos. Les ofrecemos asociarse a nosotros en el Mercosur, y el día que ellos entren al Mercado Común Europeo, nos abren esa puerta. Si Europa tiene un pie en nuestras islas Malvinas, ¿por qué la Argentina no va a tener un pie en Europa? Cuando yo llegué acá —señaló, solemne, el sillón donde había estado—, me sugirieron comprar algunas casas en Gibraltar. No sabe cuánto me dio vueltas esa idea en la cabeza, porque si lo conseguíamos habría sido un acto de justicia histórica. Piense en la bandera azul y blanca flameando en ese peñón inglés, Malabia. Pavada de símbolo, ¿no? Pero tuvimos mala suerte. Ordené algunos viajecitos de exploración, y nos convencimos de que no se podía.

—Había mucho control, mucho papeleo —apuntó Tagliaferro.

—Y ahora, casi al final de mi gobierno, vienen a hablarme de Andorra. Me dicen que el Estado argentino podría comprar ahí algunas propiedades. Quién sabe. Haga lo que se pueda. Si no hay arreglo con esos príncipes, páguele lo que sea a cualquiera de los mandamases locales. Alguien tendrá la voz cantante, ¿no?

—Hay un primer ministro —informó Malabia— y un consejo ejecutivo. Hasta ahora, en los setecientos años que tiene ese país, nunca se han aceptado ni enviado misiones diplomáticas, salvo a las Naciones Unidas.

—Corren otros tiempos, embajador —dijo el presidente—. Los andorranos no van a seguir toda la vida aislados del mundo. Y el que llega primero llega dos veces. Si nadie pudo, los argentinos podemos.

Malabia advirtió que no tenía algún sentido discutir.

—Tendríamos que fijarnos un plazo, señor. Qué le parece: ¿un año, seis meses? ¿Si a los seis meses fracasamos, regreso?

—No vamos a fracasar —dijo el presidente—. Se lo aseguro yo, que en estas patriadas tengo mucho kilometraje.

—Y acuérdese del premio literario que le vamos a conseguir, Malabia —insinuó el canciller—. A usted ya le dieron uno o dos, ¿no? Entonces sabe cuánto cuesta trabajárselos.

—Me los merecía —atinó a defenderse.

Con súbita impaciencia, el presidente tomó al embajador por la cintura y lo empujó con delicadeza hacia la salida. Una lámina de sudor le subrayaba el maquillaje: en las cejas, bajo los ojos, en las mejillas verdosas. Malabia lo vio tal como era: ridículo, astuto, temible.

—Viaje cuanto antes a ese país —dijo—. Y téngame al tanto de todo. —Le extendió una mano fláccida y húmeda, pero no lo miró. Miró a Tagliaferro. —Acompáñalo hasta la salida, Tano. Dale vos las instrucciones.

Tagliaferro chasqueó los dedos y enfiló hacia los vestíbulos. Afuera, el sol era un manojo de soles: macizos, persistentes. Los viejos calvos seguían jugando a los dados en el mismo tiempo inmóvil y unas modelos pálidas, desnudas bajo las túnicas transparentes, paseaban del brazo por las galerías de la quinta. La realidad parecía no tener ganas de moverse más.

—En dos meses, voy a pasar por Andorra para ver cómo andan las cosas —dijo Tagliaferro—. Lo primero que debés hacer, Malabia, es comprarte una casa y poner un mástil con la bandera argentina en todo el frente.

El embajador se detuvo en seco. Todo lo desconcertaba: el calor, las modelos, el tuteo inesperado de aquella bestia.

—Me voy a instalar en un hotel —dijo—. La Argentina es pobre.

—Para las causas grandes, nunca somos pobres —dijo Tagliaferro con un vozarrón cómplice—. En el banco de Andorra, te han abierto una cuenta reservada de diez palos verdes para los primeros gastos. Acá está el número de la cuenta y la clave para usar los fondos —extendió una hoja de papel sucio con cifras escritas a lápiz—. Fijate bien, Malabia: tenés que aprendértela de memoria. A es el ojo de la aguja, 7 es el camello, T es la cuerda del ahorcado, seguí vos. Yo digiero estos códigos en veinte segundos.

Junto a la entrada de la residencia, estaba esperándolo el mismo automóvil que lo había llevado. Malabia oyó una tos seca a sus espaldas y vio a un anciano con aspecto de mendigo doblándose junto a la garita de los guardias, con las manos en el pecho. Una mujer con impermeable andrajoso lo sostenía. Algo brilló por un instante en el cuerpo de la mujer. Parecía una cámara de fotos, pero debía ser más bien un espejo de bolsillo. Cuando el embajador se acomodó al fin en el automóvil, la sordidez del largo día desapareció y una limpia calma se abrió lugar en su corazón. Soy mejor que toda esa basura, se dijo. No sé cómo hacen ellos para vivir.

En la soledad de Andorra, Malabia extrañó a las mujeres gordas, que vaya a saber por qué lo calentaban. Se había casado con una anoréxica de labios delgados que pasaba el tiempo en la cama, con dolor de cabeza. Las andorranas eran fibrosas y tímidas en la juventud, fofas y tímidas en la edad madura, pero no gordas. Parecía que el aire de las montañas les hubiera evaporado las grasas. No se conmovían por los halagos, por los regalos, por el miedo ni por los sentimientos ajenos. Eran largos desiertos blancos en los que nada dejaba huellas. Dos semanas después de llegar, en marzo, Malabia decidió no perder más el tiempo acosando a las nativas y empezó a husmear en las estaciones de esquí, pero sólo encontró escolares inmaduras en viajes de vacaciones, que se metían el dedo en la nariz y hablaban a los gritos.

La sequía erótica obligatoria y las llamadas incesantes de Tagliaferro no le permitieron avanzar en la escritura de *Purgatorio*. Decidió entonces poner fin cuanto antes a la misión que le habían asignado. Tuvo un par de reuniones con el *conseller* de Comercio y, por más que le explicó las pretensiones de su país, el *conseller* no entendió. "Créame, embajador", le dijo, "aquí estamos todos desconcertados. Ningún otro miembro del gobierno sabe qué decir, y yo tampoco. ¿Quieren abrir cuentas en nuestros bancos? Es una decisión de los bancos, no del gobierno. ¿Su presidente quiere visitarnos? Sería un honor, mientras lo haga sin ningún protocolo. Fíjese que ni siquiera el Santo Padre ha pasado por aquí, tal vez porque no sabríamos cómo recibirlo. Si ustedes van a comprar lo poco que hay en venta, entonces tendrían que cumplir con nuestras leyes de residencia. Las leyes no están escritas, pero todos las obedecen. *Per nosaltres, la realitat és simplement imaginació*".

Una tarde, cuando el embajador acababa de instalar su biblioteca en Andorra, Tagliaferro se presentó por sorpresa en la residencia con dos valijas llenas de dinero. El presidente ordenaba depositar todo en el banco al día siguiente, le dijo. Los domésticos improvisaron un cuarto de huéspedes en el segundo piso y pusieron otro plato en la mesa de la cena.

Cuando el gigante bajó a comer, estaba acicalado como un malevo de los años 30: tenía un pantalón verde brillante, un saco de fumar con guarniciones de trenzas doradas y un pañuelo tornasol colgando del bolsillo. De lo alto de la camisa fluía el ramillete de pelos negros, tumultuosos, encrespados. En la televisión estaban pasando el noticiero argentino de las doce de la noche y otra vez el presidente parecía enfurecido contra los conspiradores que no lo dejaban gobernar.

—Hace apenas tres semanas que me fui y ya no entiendo lo que pasa —dijo Malabia—. A veces me parece que Buenos Aires estuviera en otro mundo.

Tagliaferro se echó a reír:

—No te preocupés —dijo—. No pasa nada. Todo esto es circo, show para los giles.

La operación que hicieron en el primer banco parecía completamente legal. El gobierno argentino enviaba una remesa de dinero en efectivo para que se depositara a nombre de la embajada. Malabia acreditó su condición de diplomático residente y el trámite resultó sencillo. En el segundo banco, Tagliaferro empezó a mover las cuentas con tal velocidad y a tantos lugares simultáneos que a Malabia se le escurrían los números de la memoria. Después de transferir los activos a Uruguay, Luxemburgo, Panamá y las islas Cayman, y desplazar los pasivos a Moscú y Varsovia, los fondos de la embajada se habían reducido a diez mil dólares. Los titulares de las nuevas cuentas eran casi todas figuras de identidad imprecisa: amantes del presidente, tesoreros de sindicatos, concejales del nordeste y el propio Tagliaferro. "¿Voy a manejar todo eso con sólo diez mil dólares?", se inquietó Malabia. "Por ahora", le dijo el gigante.

Con alivio, el embajador pensó que, al quedar sin fondos, su misión terminaría rápido. Esa noche, sin embargo, recibió una llamada del canciller. Le ordenaba quedarse. En Andorra, los días se volvieron aún más monótonos, mientras la Argentina se convertía en un volcán. Habría sido fácil para Malabia regresar a la escritura de *Purgatorio*, pero los personajes ya no le despertaban el menor interés y la alternancia de tonos narrativos, que tanta exaltación le producía en Varsovia, se le había evaporado en Andorra. A veces, las novelas irradian luz en un lugar y se marchitan en otros. Varsovia era una ciudad de muertos, con la atmósfera perfecta para escribir sobre un cadáver esquivo. Pero en Escaldes, donde estaba obligado a vivir, parecía que los seres humanos no hubieran nacido todavía.

La radio argentina transmitió una noche la noticia de que Onésimo Tagliaferro se había prendido fuego en una casa de San Juan. En Buenos Aires se sucedían a diario las manifestaciones contra el presidente y, cuando apareció un sucesor, Malabia ni siquiera tuvo tiempo de preguntar qué haría con la embajada, porque a las pocas horas lo reemplazó otro, y luego otro más. La gente salía a las calles a toda hora, bloqueaba las rutas y hacía sonar sus cacerolas. Malabia llamaba a la cancillería por lo menos tres o cuatro veces todas las tardes y sólo conseguía hablar con secretarios novatos, que no sabían quién era él ni qué estaba haciendo en Andorra. El embajador les explicaba que, con la llegada del invierno y de los esquiadores, mantener la misión allí era muy costoso y que debía marcharse cuanto antes. Van a cortarnos la luz, la calefacción, todos los servicios, decía. Será una vergüenza para la Argentina. "Sin duda van a llamarlo de un momento a otro", lo tranquilizaban los amanuenses. "Hay que esperar a que se aquiete el caos." Pero nadie lo llamaba.

Una noche, al fin, logró que lo atendiera el vicecanciller, que años atrás había coincidido con Malabia en la embajada ante la Unesco. Le sorprendió que lo tratara con sequedad y distancia, como si apenas lo conociera.

—No entiendo qué hace usted allí —le dijo—. Hace ya semanas que lo separaron del servicio diplomático.

El embajador sintió que la angustia le apagaba la voz. Se las arregló para contestar como pudo:

—Nadie me avisó. Nadie me dio razones.

—¿Qué razones quiere? —se indignó el vicecanciller—. Esa misión en Andorra fue un acto demente y usted fue irresponsable al aceptarla.

Durante cinco o seis minutos, estuvo reprochándole la negligencia con que había manejado las cuentas, y le dio a entender que lo culpaban por los millones que se habían evaporado. Le habló de un sumario, tal vez de un juicio. Como Malabia usaba una tarjeta telefónica, una voz grabada le avisó en catalán que ya no le quedaba tiempo. La llamada se cortó.

Con el tubo del teléfono en la mano, sintió la infinita soledad del mundo, la injusticia de todos los actos humanos. Se consoló pensando que aún le quedaba intacto su talento de escritor, pero qué podría hacer con eso. Tendría que trabajar en algo y no se le ocurría en qué. Estaba confundido. Hablaría con el *conseller* de Comercio para que le dieran la concesión de una pista de esquí. O le propondría que se filmara en Andorra alguna de sus novelas. ¿Qué sentido tenía irse de allí? La nieve caía sin parar y el pequeño país le parecía infinito y hermoso. Vio que la bandera argentina ondeaba fuera, en el sopor de la noche. Tendría que salir y arriarla, dijo. Pero la nieve caía entre hilos de luz y la bandera parecía orgullosa bajo esa claridad ajena. Que se quede ahí hasta mañana, pensó. Siguió mirándola aletear y moverse un largo rato, hasta que la realidad fue sólo ese movimiento, y lo demás fue vacío.

Vida de genio

Cierta mañana, antes de cumplir tres años, Abraham Rivera abrió un libro de cuentos y leyó en voz alta la primera página sin equivocarse.

¿Dónde aprendiste a leer?, preguntó la madre con azoramiento.

Aquí, respondió Abraham, señalando el cielo vagamente.

La madre dictaminó que era un genio y propaló la noticia entre sus amistades. Acudieron las vecinas a oírlo leer, y algunas le propusieron páginas complicadas, con paleogramas y trabalenguas. Abraham salió siempre airoso. Ya que era un genio, la madre quiso que viviera como tal. Le vedó las revistas de historietas, la televisión, la radio y los partidos de fútbol. Le dio a leer poemas clásicos y novelas edificantes.

A los seis años, Abraham recitó el *Quijote* de memoria en un festival para ciegos y demostró que había madurado más rápido que Mozart. A los ocho, vendió a una editorial francesa su traducción de *Finnegans Wake*, luego de haber establecido que traducir ese libro al español era imposible. A los diez, escribió su primera novela: un texto crispado que narraba la batalla de un genio con el lenguaje. La tituló *Abran a Brahma el abra de Abraham*. La única vocal que usaba en las doscientas páginas del libro era la *a*. La crítica destacó los infinitos sentidos que se desprendían de cada frase y sancionó, unánime, la genialidad del autor.

A los quince años, Abraham había terminado ya otras dos novelas pero sintió recelo ante ellas. Las dos reflejaban a la perfección sus puntos de vista —geniales— sobre la literatura, pero no lo reflejaban a él. Él, se dijo Abraham, quizá fuera otra cosa.

Los pocos amigos de que disponía le aconsejaron que se rebelara contra la madre. La obedecés tanto que se te asfixia el genio, le dijeron. Estás escribiendo no con tus palabras sino con las ambiciones de tu madre. Abraham pensó que la observación no estaba mal, y la discutió, como era su costumbre, con la madre.

Esos inútiles te envidian, le dijo ella. Aquí, conmigo, estás libre. Ya ves cómo los críticos te aplauden.

Abraham se apartó de los amigos y siguió escribiendo bajo la guía de la madre quien, a su vez, no daba un paso sin el consentimiento de los críticos. Ella leía todos los textos, y cuando los encontraba limpios de complejidades no vacilaba en quemarlos.

Cierta vez, a escondidas, Abraham terminó una novela de amor. No era de amor en verdad, sino de un vago sentimiento de sacrificio que él confundía con el amor. La madre sorprendió el manuscrito una mañana de lluvia, y aprovechando que vivían en un vigésimo piso, arrojó la novela por la ventana. El muchacho bajó desesperado a rescatar las hojas. Encontró unas pocas, pero estaban borradas.

El incidente lo enfermó. Acudieron en su ayuda varios médicos, que lo examinaban siempre bajo el ojo censor de la madre. Un joven cirujano, compadecido de Abraham, logró hablar con él a solas.

Tenés que irte, le aconsejó. La docilidad te está destruyendo el genio. No permitas que te destruya también a vos.

El muchacho no estuvo de acuerdo. Yo y mi genialidad somos inseparables, dijo. Mi madre es el único ser en la tierra que se preocupa por mí. Seguiré viviendo con ella, pero la apartaré de mis asuntos.

La madre se resignó a no leer nunca más un texto de Abraham. En compensación, daba casi a diario comidas para los críticos y aceptaba entrevistas en los diarios sobre la obra del hijo. Era una mujer estudiosa, y algunas de sus propuestas teóricas sobre la educación de los genios fueron analizadas con respeto en las revistas académicas.

A los veinte años, Abraham publicó una gran novela incomprensible. En seiscientas páginas, resolvió ecuaciones semánticas con el método algorítmico de Naremdra Karmarkar, intercaló palíndromos que se dibujaban como la fórmula química del tetrafluoretileno, y escribió cinco largos capítulos en los que no usó sino las cuatro letras del alfabeto genético. Los críticos admitieron que el genio de Abraham era inalcanzable, salvo para unos pocos de ellos. En ese momento de gloria, la madre murió.

En su homenaje, Abraham renunció al amor, a la felicidad y rechazó a los amigos que volvieron a acercársele.

Como jamás había vivido solo, no sabía cómo debía ser en ese caso el comportamiento más adecuado para un genio. Optó por imitar a los que admiraba.

Escribió de pie como Balzac y como Hemingway hasta que las várices lo atormentaron. Se masturbó con frenesí como Flaubert. Agotó los abismos de la cocaína como Truman Capote, bebió dos botellas de bourbon al día como Faulkner y Onetti, leyó proclamas fascistas por la radio como Pound y Yukio Mishima, y por último renunció a escribir, como lo habían hecho Rimbaud y Juan Rulfo.

A los veintiocho años, era una ruina. Intuyó, genialmente, que su mejor novela sería morir. Fue al cementerio, y abrazado al ataúd de la madre, se prendió fuego.

Los críticos escribieron largos responsos que evocaban los laberintos polisémicos donde todos ellos se habían extraviado. El gobierno le concedió el Premio Nacional de Letras, categoría póstuma.

Poco tiempo después, cuando se estaban apagando las alabanzas, triunfó la moda de las novelas absolutas. Toda novela, para ser considerada grande, debía ser paródica, u objetivista, o de *non-fiction*, o gnoseológica como las de Herman Broch, o recitativas como las de Thomas Bernhard. Como las de Abraham no se ajustaban a esas categorías, se les fue prestando cada vez menos atención en los suplementos de los diarios y en los congresos de literatura. Pronto, no se habló más de ellas.

La madre tuvo una posteridad más persistente. Con frecuencia se le dedican monografías en *El Monitor de la Educación Común* y sus métodos pedagógicos han empezado a aplicarse en las escuelas.

Exilio

Una tarde, en plena calle, mi hermano Máximo perdió su lugar sin darse cuenta. Caminó desorientado por parques y estaciones de ferrocarril que jamás había visto, y ya entrada la noche pudo llegar a casa sólo porque la buena suerte lo puso en ella. Al día siguiente, cuando estábamos en la escuela, le sucedió otra vez.

Sus grandes ojos amarillos se nublaron. "No he hecho nada para perder mi lugar", nos dijo. "¿Por qué tengo que perderlo, entonces?" Lo ayudamos a buscar entre los bancos, en el patio y hasta en los huecos que la intemperie había cavado dentro de los árboles. Pero no encontramos nada y lo único que pudimos hacer fue quedarnos allí con él, para que se le olvidara la tristeza.

Cuanto más pasaba el tiempo, más tardaba Máximo en llegar a su lugar. Nosotros, en cambio, nos instalábamos sin ningún esfuerzo: íbamos y nos dejábamos estar. Eso era todo. "Los lugares no tienen por qué ser como uno", solía enseñarnos Madre. "Uno tiene también que esforzarse y ser un poquito como ellos." A Máximo le entristecía que Madre hablara de ese modo, y lo único que atinaba a replicarle era un monótono: "Yo soy yo, qué otra cosa puedo ser si yo soy yo".

Todos sufrimos a nuestro tiempo los malestares del crecimiento, pero no Máximo. Tuvo años de retardo, y cuando Madre, alarmadísima, ya estaba a punto de consultar con el médico, él creció tanto que pasó de largo. Su cuerpo empezó a dar la sensación de que estaba en otro lado. Se puso pálido, ceniciento, y cuando la luz de la tarde le caía encima, el cuerpo se quedaba mirándonos con sorpresa, como si no le gustara sentir que se volvía visible tan de repente. "Máximo no es de este mundo", decía nuestra abuela, que dormía con él en la misma cama. Pero Madre decía que la abuela tampoco era.

Hubo un día en que Máximo ya no pudo parar. Allí donde todos dábamos las cosas por terminadas, él seguía haciéndolas, ya fuera porque estiraba y estiraba el fin, o porque cuando llegaba al fin no lo reconocía. Según el médico, tenía los movimientos enfermos de inercia. Pero no: eran movimientos completamente sanos de una inercia maravillosa.

Cierta vez presentaron en el acuario de Tucumán a una manada de ballenas (o de algo que anunciaban como ballenas), y aunque no eran demasiadas, quizás dos o muchas menos, Máximo pasó un día entero contándolas y sólo se detuvo cuando cerraron el acuario. A la mañana siguiente regresó para ponerles nombre, y en eso estuvo hasta que se le agotaron las palabras que conocía: Tótem, Cuerpo, Sepulcro / Vela, Botella, Mundo / Urna, Ojo, Sudario. A las ballenas debieron de pesarles tanto los nombres que cuando nuestra abuela nos llevó a visitar el acuario, ya todas parecían marchitas y apenas movían las alas.

Perdíamos de vista a Máximo durante meses o tal vez semanas, y eso nunca nos inquietaba. Pero cuando algunas personas empezaron a desaparecer de

Tucumán o a explotar en mil pedazos, preferimos olvidarlo por completo para no tener que sufrir.

Algunas voces malignas nos llamaban a la madrugada por teléfono para insinuarnos que a Máximo estaban amasijándolo: "Asómense a las ventanas", nos ordenaban, "dentro de cinco minutos lo verán pasar colgado de las bolas a las patas de un helicóptero". O bien: "¿Oyen esto?". Y alguien soltaba un bramido terrible al otro lado de la línea. "Es Máximo. Estamos friéndolo en una parrilla." Solíamos correr al cuarto de Madre para contarle lo que ocurría, y ella nos aquietaba siempre con la misma frase: "Las personas razonables deben dudar de todas las cosas que oyen, y más cuando las cosas que oyen parecen razonables".

Un día, Máximo nos anunció que iba a casarse. La novia era de otra parte y eso les había facilitado los encuentros. Tenía una cabellera larga que ensombrecía aún más su cara de ceniza y cualquiera fuese el tema que le tocáramos no conseguíamos arrancarle una sola palabra. Estaba allí, detenida en un solo lugar, en oposición constante a sus propios movimientos y dejando que Máximo lo hiciera todo por ella. La víspera del matrimonio, Madre la llevó aparte y le explicó que cuando nuestro hermano empezaba una cosa ya no podía parar. "O aprendes a sosegarlo o lo perderás pronto", dijo. La novia se ruborizó.

Pasó tanto tiempo sin que tuviéramos noticias de ellos que a lo mejor —nos dijimos— las agorerías del teléfono se habían vuelto ciertas. "¿No habrán matado a Máximo?", le pregunté a Madre una tarde. "Vaya a saber", respondió ella. "A uno lo matan o lo desaparecen y nadie quiere decir nada. Al fin de cuentas, ¿eso no es igual que irse?"

La abuela estaba muy enferma por aquellos meses y no se quería morir hasta que Máximo no viniera a calentarle la cama. Pero qué va, tardaba demasiado. La noche en que murió, la recién casada apareció por sorpresa para ofrecernos el pésame. Estábamos velando el cuerpo de la abuela en la capilla ardiente cuando un mayordomo de las pompas fúnebres nos avisó que la mujer estaba afuera, en un coche de plaza del que no podía bajar.

"Averigüe qué melindres son ésos", dijo Madre. "Si quiere ver a la abuela, que venga. No esperará que salgamos con el ataúd a la calle." El mayordomo respondió que no eran melindres sino la gordura nunca vista de un embarazo.

Tal cual. Desde la esquina divisamos una barriga tan grande que la confundimos con la capota del coche. Madre no pudo reprimir una exclamación. La esposa bajó los ojos y se disculpó: "¡Este Máximo! Qué cosas tiene, ¿no?". Aun en las peores tormentas de la familia, Madre conservaba su presencia de ánimo y tenía siempre una frase de consuelo para los demás. "No culpes a Máximo", le dijo. "Una persona es a veces inverosímil. Los actos de esa persona, jamás."

Al poco tiempo, la esposa parió unos gemelos esmirriados y cenicientos que lloraban hasta cuando estaban amamantándose. Atraída por esos nietos horribles, Madre la visitaba casi a diario. Pero se distanció cuando la mujer empezó a parir más gemelos, infatigablemente, aún después que Máximo, contratado por una compañía mercante, partió en un barco que daba una y otra vez la vuelta al mundo, sin anclar jamás en el mismo puerto.

También nosotros nos casamos y nos fuimos dispersando. La luz de la tarde ya no caía del mismo modo sobre nuestras cabezas, y al anochecer las personas se veían pesadas, como si anduvieran vestidas con todos los recuerdos del día.

Yo solía creer que Máximo se había marchado de Tucumán por liviandad, y que así deberíamos hacer los demás: marcharnos a cualquier lugar remoto cuando ya no cabíamos dentro de nuestro cuerpo. Pero yo estaba seguro de que si Máximo no volvía era porque, viajando en aquel barco, fatalmente pasaba de largo cuando llegaba a su lugar. Y era mejor así, que no volviera. A nuestro alrededor desaparecía mucha gente y las radios avisaban que seguirían desapareciendo todos aquellos que cometieran la misma locura de Máximo: situarse en el centro y caminar por los extremos.

Un domingo, años después, la esposa de Máximo nos invitó a ver los huevos que nuestro hermano solía pintar en el altillo con témperas y acuarelas. Estaban dispuestos sobre los muros en pequeñas celdas, como un panal, y eran tantos que nadie había sabido contarlos. Con orgullo, la esposa nos mostró un huevo donde se veían los canales de Marte tal como los describían las últimas fotos de la nave Mariner, y otro huevo que anticipaba el curso de los huracanes de la próxima primavera. Vimos un ejemplar pequeño, como de golondrina, que reflejaba galaxias de planetas gemelos, y un enorme huevo de avestruz donde Máximo había juntado las medianoches de verano en el Polo Sur con las mangas de langostas en los mediodías del Mato Grosso. Contemplando al trasluz un huevo de gorrión en el que miles de gorriones aparecían empollando huevos pintados con miles de gorriones, Madre preguntó —como sin querer— cuándo se daba tiempo Máximo para hacer esas maravillas, ya que jamás lo veíamos. La esposa se dio cuenta de que Madre quería saber, en verdad, de dónde habían salido los últimos gemelos, y sin mirarla a los ojos le respondió: "Los hombres pasan por los lugares. Con Máximo no es así: son los lugares los que pasan por él. Cierta vez que fui a visitarlo no pude entrar, porque los canales de Marte estaban visitándolo en ese momento".

Pero también la esposa se cansó de que Máximo la dejara tan sola y ordenó a los gemelos mayores que salieran a buscarlo. Les preparó ropa de invierno y les entregó una cesta de huevos pintados para los gastos de la travesía. Los gemelos temían no reconocer al padre, al que jamás habían visto, y tuvieron que llevar una fotografía. Al cabo de un tiempo mandaron una carta en la que en vez de una foto había tres. En una se veía a Máximo muy turbado, en un paisaje de glaciares y cabañas de madera. Los gemelos la habían descubierto sobre el pecho de una madre de la Plaza de Mayo, entre otras decenas de fotos que la gente dejaba allí prendidas antes de emigrar. En otra, Máximo, vestido con ropas de turco, aparecía rodeado de muchísimos hijos, todos gemelos, en un zoco de Trípoli. Estaba expuesta en el escaparate de un cuartel militar, para demostrar que quienes desaparecían o explotaban por los aires no llevaban tan mala vida ni, por consiguiente, debían de tener tan mala muerte. La última foto era la misma con que habían salido. Los gemelos la devolvían, un poco más amarillenta y manchada por la acuarela de los huevos, porque, al cabo de tantas búsquedas sin premio, ya habían olvidado quién era aquel hombre y qué ganarían si lo recordaban.

La esposa envió a los segundos gemelos y luego a los más jóvenes, par tras par, cada uno con la correspondiente cesta de huevos y la fotografía que el correo iba devolviendo, invariablemente, más que borrosa y manchada. A Madre le dio tanta lástima todo aquello que, aun cuando ya estaba tan vieja que la mera decisión de moverse le atormentaba los huesos, resolvió visitar a la esposa para darle aliento. La encontró durmiendo en una enorme hamaca, a punto de parir los últimos gemelos, y tuvo que batirle palmas encima de las orejas para despertarla. "Ah, madama", sollozó la esposa. "Todavía no me acostumbro a vivir sin Máximo." Madre la recriminó: "En estos tiempos, mijita, las personas tienen la obligación de acostumbrarse a todo: a lo que pueden y a lo que no pueden".

Muchos años después, cuando yo también empecé a tener las primeras ilusiones de morirme, uno de los pasquines que por entonces se leían en Tucumán contó el asombroso caso de unos gemelos que andaban preguntando por su padre en los arrabales de Calcuta y Melbourne, y que mostraban en Barranquilla y en Badajoz la fotografía de un hombre que había perdido las facciones entre colorinches de témpera y lunares de acuarelas. "No puede ser otro que Máximo", comentó Madre en su cama de agonía. "Un hombre que desaparece tanto, es mejor que se quede en el exilio."

"Al revés", me atreví a replicarle. "Un hombre que se ha exiliado tanto es mejor que se quede desaparecido."

Una tarde, los últimos gemelos llevaron a casa un papel de bordes festoneados que les había llegado desde un país cuyo nombre no supieron descifrar. Era lustroso, como una fotografía lavada muchas veces, pero no había en él sino unas vagas huellas que no querían decir nada. Exponiéndolo a la plena luz, creía reconocer en el papel un remoto dibujo de los canales de Marte, tal como los había visto la nave Mariner, y el reflejo de las medianoches en el Polo Sur y una manada de ballenas que navegaban con sus nombres a cuestas. Y más allá, en la oscuridad o en la blancura del papel, me pareció distinguir el brillo de los ojos de Máximo, aunque —como siempre— no pude saber si estaban de ida o de regreso.

El Reverendo y las corrientes de aire

El 23 de diciembre de 1897, el Reverendo dejó su casa en el balneario de Eastbourne, Sussex, y tomó el tren a Guildford, Surrey, para compartir con la familia el pavo de Navidad. Fue un viaje odioso. Llovían aguas de hielo, y los guardas entraban a cada instante en el vagón, envueltos en el vaho de la ventisca, para verificar los boletos. Del lado de afuera de las ventanillas, las corrientes de aire pedían a los pasajeros que les permitieran pasar, tratando de seducirlos con sollozos iguales a los del orgasmo. Cuando por fin el tren se acercó a Guildford brillaba un cono de sol, pero el Reverendo ya estaba exhausto y embargado de presentimientos de muerte.

En Eastbourne, había disfrutado siempre de relaciones excelentes con las corrientes de aire. A decir verdad, eran relaciones que con frecuencia habían estado a punto de ser íntimas. En las soledades de su casa, donde las corrientes podían retozar a gusto, el Reverendo se dejaba lamer las orejas, las bañaba con espuma de algas y las entretenía con títeres a cuerda y lechuzas de ojos azules que guardaba en los armarios. Pero las corrientes eran aficionadas al chisme y el Reverendo no se animaba a llevar la intimidad demasiado lejos. Estaba preparado para soportar el desprecio de los demás, no el escándalo.

Todas las corrientes de aire exhalan una misma naturaleza de perversión, pero mientras las de Eastbourne se satisfacían con pequeñas zancadillas espirituales al Reverendo (la peor de todas, el último verano, había consistido en quebrarle una tibia cuando estaba saliendo para la parroquia), las de Guildford eran impúdicas y buscaban su perdición eterna. Solían acercársele como una pandilla de mariposas embobadas y le danzaban hipnóticamente alrededor, tentándolo. Cuando el Reverendo trataba de acariciarlas, desplegando su experimentada ternura, las malditas asestaban arañazos en los bronquios o en las palabras, lo cual debe tomarse al pie de la letra porque las palabras le fluían visiblemente arañadas después de los ataques. Quiero decir que las corrientes de Guildford le acentuaban la tartamudez natural y le inflamaban las membranas bronquiales.

Tras la muerte del padre, en 1868, el Reverendo había comprado en las afueras del pueblo una mansión de tres plantas con una caballeriza que le servía como laboratorio fotográfico. Una noche, a poco de instalarse, estaba retratando a la pequeña Xie Kitchin en una pose que describiría en sus cartas como "desnudo con violín", cuando cierta corriente de aire se introdujo por la chimenea, y luego de centellar y de hamacarse en las pendientes más bien espesas del colodión que usaba para el revelado, le mordió la lengua con tal furia que al Reverendo se le escapó un redoble de tartamudo.

La pequeña Xie, vistiendo unas meras enaguas de lino, salió corriendo en busca de auxilio y dejó abierto el portón de la caballeriza. Al instante, otras corrientes que comadreaban a la intemperie se abalanzaron sobre el ya maltrecho Reverendo y entraron arremolinadas por los agujeros de su cuerpo, mientras él trataba de ahuyentarlas exorcizándolas con sus nombres propios, que eran iguales a los nombres de las niñitas retratadas en el laboratorio de fotografía: ¡Fuera, Xie! ¡Basta, Enid Bell! Cálmate ya, mi querida Dora.

Cuando el vicario de la iglesia acudió en su socorro lo encontró huyendo por el campo, sin más abrigo que una camiseta de frisa y aún trabado en lucha contra un par de corrientes que se habían apoderado de sus bronquios y a las que fue imposible desalojar hasta la primavera.

Pese a los ruegos de sus hermanas, el Reverendo no aceptó volver sino muy de vez en cuando a la mansión de Guildford. En 1875 le tomó allí una foto la señora Julia Margaret Cameron con su famoso lente de treinta pulgadas. En 1880 fue él quien fotografió a la pequeña Ellen Terry, dejando escrito en el negativo de vidrio esta enigmática leyenda: "Retrato de Porcia desvestida de Shylock". En 1881 encerró en la caballeriza a su amiguita Edith Blakemore para fotografiarla con una serpiente viva en el cuello, pero Edith se puso a chillar con tanta desesperación que los vecinos debieron acudir en su rescate, y arrebataron al Reverendo unas placas que ahora están expuestas en el museo de George Eastman con un título borroso, "The Snake Girl" o "The Naked Girl".

Por fin, en 1896 compartió con la familia la cena de Navidad y, como no la pasó mal, resolvió que al año siguiente se quedaría una semana, con la condición de que la servidumbre mantuviera siempre atizado el fuego de las chimeneas, para que tanto la casa como la caballeriza quedasen sumidas en un perpetuo clima de veinticinco grados.

Las hermanas mayores, convencidas de que hacía mucho estaba extinguido el peligro de otro incidente como el de Xie Kitchin, no concebían que el Reverendo viviese aislado, desdeñando los beneficios de su fama. Aunque la tartamudez se le había corregido hasta ser casi imperceptible, él seguía resistiéndose a dar conferencias o sermones, y prefería las cartas a las visitas. Dos o tres veces al año, recibía invitaciones del vicario de Guildford para predicar en la parroquia, pero le disgustaba la idea de cruzar la calle y quedar expuesto a la intemperie.

En la inclemente Surrey, Guildford era una isla de buen tiempo. Casi nunca nevaba antes de enero, y las ventiscas del norte se disolvían, al tropezar con Londres, en una dulce bruma. En 1897 los informes meteorológicos insistieron, con más énfasis que de costumbre, en que los últimos días del año no sólo serían apacibles sino también templados. El Reverendo se quedó sin pretexto para esquivar la invitación. A mediados de noviembre escribió al vicario una de sus típicas cartas, que sólo podían ser leídas cuando se las miraba en un espejo, comunicándole que predicaría sin duda en el oficio de Navidad sobre *"Give us an heart to love and dread Thee"*, la plegaria que lord Kitchener había puesto de moda.

Al día siguiente la noticia se propagó por todo Londres y causó más revuelo que los resfríos de la Reina. En las cantinas, circulaban listas con las palabras que probablemente retorcería el Reverendo para causar unos efectos de irreprimible llanto, tal como había sucedido tiempo atrás en Christ Church, Oxford, y muchos apostaron a que pronunciaría las frases al revés, letra por letra, como ahora pasa cuando se retrocede una cinta de televisión.

Llevados por la curiosidad, cientos de peregrinos se instalaron en Guildford. A mediados de diciembre, ya no quedaban albergues vacantes, y aun así seguían apareciendo caballeros de importancia que habían cancelado sus cenas de Navidad y se aprestaban a pasar la víspera del sermón en el prostíbulo de Guildford. Allí estaban el anciano Thomas Cook, que seguía organizando viajes de turismo al continente por un módico desembolso de diez libras, y el archimillonario Cecil Rhodes, que venía de fracasar en una expedición al Transvaal, y el dibujante Aubrey Beardsley, que llegó extenuado por la tuberculosis, vistiendo un suntuoso hábito de penitente. Las damas lucían broches de diamantes, en homenaje al jubileo de la Reina, y en todas las esquinas del pueblo se vendían ramas de acebo y pasteles de ron a precios de apocalipsis.

A las cuatro de la tarde del día señalado, luego de dormir una larga siesta, el Reverendo salió al jardín de la mansión familiar, flanqueado por su hermana Frances y por su sobrino Stuart. Vestía una levita de paño negro, una capa forrada de pieles, un sombrero de copa y un embozo de lana. Había curiosos hasta en las ramas de los árboles, y no cabía la luz de un fósforo en los aledaños de la iglesia.

En la milenaria historia de Guildford, donde las emociones violentas son incontables, la entrada del Reverendo en la parroquia se recuerda sin embargo como la más conmovedora y sublime de todas las estampas. Llegó a la nave central con la cabeza ya descubierta y los ojos velados por una melancolía que sólo podía ser propia de alguien que conversa con Dios en persona. Pasó entre las bandadas de tafetas y pecheras almidonadas que se ruborizaban al rozarlo, subió al púlpito y dejó caer la beatitud de una sonrisa antes de poner en movimiento el sermón que, por más de un motivo, sería inolvidable.

Creo que ha llegado el momento de revelar al lector la relación clandestina que el Reverendo había mantenido casi cuatro décadas atrás, cuando empezó a dar lecciones de matemáticas en Christ Church, con una corriente de aire que la posteridad conoce como Dolores Haze. Aquí yo la llamaré Dolly, ambarina Lolita, la pequeña.

Los victorianos la han descripto como una brisa malsana, sucia de polen, aficionada a mezclarse con los gases del incienso, pero en la casa de Christ Church asumía la apariencia de una preciosa niña de trece años, con piel de lirio y ojos verdes. Siempre se comportó con una docilidad inesperada en alquien que, como ella, había sobrevivido a una guerra civil y a toda suerte de abandonos.

Dolores Haze no era el retoño de una vulgar pareja anclada en Ramsdale, Massachussetts, como cierto emigrado ruso ha escrito por ahí, sino el residuo de una ventolera musculosa a la que el general George Mc-Clellan había reventado con una carga de pólvora en las riberas del Potomac, el mismo día en que se hizo cargo de los ejércitos de la Unión. La pequeña Dolores no tenía conciencia aún de que estaba viva cuando una segunda explosión la sopló, ya huérfana, hacia la bahía de Chesapeake, donde logró abordar una goleta inglesa que iba rumbo a Dover. Tres semanas viajó aferrada al palo de mesana, donde solían bajarla los marineros para refrescarse de las borracheras, hasta que al pasar por Eastbourne se les escabulló y saltó a tierra.

Era un crepúsculo de verano. Por la playa paseaban unos bañistas con parasoles. La pequeña Dolores estaba tan desorientada con su flamante libertad que, en el empeño por saludarlos, dobló las varillas de los parasoles y levantó enjambres de arena antes de entrar en el pueblo.

Lo primero que divisó Dolores en la calle mayor de Eastbourne fue la silueta del Reverendo, quien estaba distraído mirando un hormiguero de cálculos algebraicos. Invadida por una ternura irreprimible, le saltó al cuello. "Aquí está mi hogar", se dijo. "Me quedaré para siempre." Pero el siempre de las corrientes de aire no corresponde a ninguna idea de duración; es una tiniebla que ha sido separada de otra. Para ellas, siempre es lo que está detrás o, más a menudo, lo que nos llevamos por delante.

El Reverendo adoptó a Dolores ese mismo día. La llevó consigo a Christ Church, Oxford, donde disponía de una casa cómoda y discreta, y allí le armó un nido como de golondrinas junto a su austera cama de soltero. Empezó una larga estación feliz. Aunque la intimidad que compartían era tan inocente como la de una gata con su amo, las caricias de Dolly tenían tal vigor ovárico que, al recibirlas, el cuerpo del Reverendo se llovía por dentro. Al caer la tarde, no bien regresaba él de las clases de matemáticas, la pequeña le quitaba las botas y le calentaba los pies con su cabellera rubia. Se acostaban al mismo tiempo, cerrando los ojos mientras se desvestían, y jamás se olvidaba Dolly de lamerle los labios para que se durmiera.

Como el Reverendo no recibía visitas, la pequeña Lolita hubiera podido madurar en Christ Church sin sobresaltos si el nuevo decano del colegio, un helenista de casi sobrehumana erudición que había escrito el *Greek Lexicon*, no se hubiese aficionado a la compañía del Reverendo, sustrayéndolo todos los domingos a las caricias de Dolores.

Aparte de las amenidades de su conversación, el decano disponía de tres hijitas encantadoras, todavía impúberes, ante las cuales el Reverendo sintió, con más fuerza que nunca, la excitación de su deseo fotográfico. No tardó en pedir permiso al decano para llevarlas de excursión en bote por el Támesis y retratarlas allí, al pie de los olmos o en la mitad del río. La mejor dispuesta era la segunda de las niñas, que tenía unos enormes ojos rasgados por un asombro perpetuo. Pero no se quedaba quieta para la fotografía a menos que el Reverendo le contara historias de reinos donde los gatos olvidaban la sonrisa en la copa de los árboles y los ratones escribían caligramas antes de que los inventase Apollinaire.

Un sábado de julio alquilaron el bote de costumbre y remaron tres o cuatro millas río arriba, hasta las vecindades de Eynsham. Las niñas iban cubiertas ese día con sombreros azules y llevaban vestidos coronados por una golilla que hacía juego con sus peinados de paje. Pronto el calor se volvió espantoso y pareció que el paisaje estuviera por incendiarse. Los árboles habían desaparecido. Buscaron refugio junto a una parva de heno y se quedaron a esperar las brisas del mediodía para emprender el regreso.

Como había sucedido ya otras veces, el Reverendo se dispuso a fotografiarlas.

"No", dijo la hermana segunda. "Antes deberá contarnos una de sus historias."

Impaciente por el calor, el Reverendo se negó:

"Con este clima, las palabras no significan nada. Son aire. Apenas alguien las pronuncia, se evaporan."

"¿A quién le importa?", dijo la hermana segunda. "Cuéntenos una historia."

Así fue como el Reverendo empezó un largo relato en el que una de las niñas caía dentro de una ratonera y era juzgada por un tribunal de naipes. A intervalos, cuando amainaba el calor, el narrador se ponía de pie.

"Es todo por ahora. Hasta la próxima vez."

Pero las niñas tiraban de los faldones de su levita:

"¡Nada de eso! ¿No ve que ha llegado ya la próxima vez?"

Cuando por fin regresaron a Christ Church, la hermana segunda repitió a su padre la historia, confundiendo sólo unas pocas comas.

"¡Qué entretenida es!", se sorprendió el decano. "Va a tener que escribirla, Reverendo."

Pero al Reverendo no le hacía ninguna gracia.

"¿Escribirla? ¿Cómo se podría escribir lo que ya está dicho? Las palabras no se pueden usar más de una vez."

"¡Hágalo, hágalo!", corearon las niñas.

"Tómelo como una orden", lo despidió el decano, sin ninguna cortesía.

Al Reverendo no le quedó más remedio que aislarse algunas semanas para cazar las palabras que ya habían sido dichas. Era una operación difícil, porque las palabras que se atrapan son siempre las que van delante. Las que han pasado ya, buscan su lugar natural, que nunca es el lugar donde se las puso, y allí no hay manera de encontrarlas.

Durante todo ese tiempo, no salió de la sala. Dormía en uno de los sillones y, cuando lo despertaba el hambre, estiraba la mano hacia una gran fuente de manzanas. El relato crecía y crecía, esquivando todos los sentidos que le salían al paso, cada vez más lejos de la realidad. Cuando el Reverendo tomaba conciencia de que todo lo que hicieran o dijeran los personajes resultaba inverosímil, se encogía de hombros pensando que un texto, a medida que se escribe, escribe también su lógica. Si la lógica no está adentro, no aparecerá por ninguna parte.

Mientras tanto, a Dolores no le importaba quedarse sola. Pasaba las horas envuelta en un halo de pereza, lamiendo barras de chocolate. Se contentaba con saber que el Reverendo estaba siempre allí, al alcance de su deseo, porque para ella, que tenía tan desarrollado el instinto nómade, amor era lo que se podía tomar, y no encontraba mucha diferencia entre lo que se podía tomar porque estaba allí y lo que estaba allí deseando ser tomado.

Un domingo, el Reverendo amaneció más agitado que de costumbre. Sin prestar atención a Dolores, se dio un largo baño con espuma de limón, planchó la levita, y luego de ordenar el manojo de papeles que había estado escribiendo partió excitadísimo a la casa del decano. Aunque la pequeña Dolly no tenía la menor experiencia de la vida, esos revoloteos la hicieron entrar en sospechas. Se deslizó hacia la sala e investigó entre las camisas sucias y los papeles apilados sobre el escritorio, donde dio con un terceto de fotos que le revelaron hasta qué punto el ostracismo de amor a que había estado sometida encubría la más perversa de las traiciones.

Las fotos eran de una niñita peinada con flequillo, de labios carnosos y nariz desafiante, que hubiera podido pasar por la hermana melliza de Dolores ni no fuera porque sus ojos se estiraban ligeramente hacia arriba, con una languidez tártara, en tanto que los de Dolly caían melancólicos sobre los pómulos. El pelo de las fotos, además, era oscuro.

Dolores intuyó de inmediato que aquella era la hija segunda del decano, pero su mayor tormento fue reconocer que las poses de la modelo, aquí disfrazada con harapos, más allá sentada sobre un butacón junto a un escuálido geranio, o bien de perfil contra un telón de árboles románticos, eran idénticas a las que el Reverendo había inventado para ella, la bienamada única, Loli querida, cuando acababan de instalarse juntos en Christ Church, y el lente de la cámara Giroux estaba sólo al servicio de sus caprichos.

Era este amor nuevo, entonces, lo que había mojado la llama. La ira, el desencanto, el desconsuelo soplaron a Dolly mucho más lejos que la pólvora del general McClellan, pero no, como la otra vez, hacia provincias remotas, sino hacia la sabiduría que las corrientes de aire traen arrastrando de antepasado en antepasado. Se quedó quieta en su nido de golondrinas perfeccionando durante todo el día la venganza.

Cuando el Reverendo regresó a la casa, aún embriagado por los aplausos del decano y por la fascinación de las tres niñas, Dolly —que lo aguardaba agazapada detrás de la puerta de calle— le saltó a las fosas nasales y le clavó muy adentro el aguijón de su infecciosa naturaleza. El pobre hombre cayó desvanecido, con los bronquios a la miseria, y tardó varias semanas en reponerse.

Dolores había desaparecido, dejando en los muebles de la sala huellas de barro que se convertían en bosta al posarse sobre la foto de la hija segunda. El Reverendo supuso que podría sacudirse las cenizas del episodio si las soplaba con un palíndromo, pero al escribir en un cuaderno la frase mágica:

¿Ser o lodo? : Dolores,

se redoblaron tanto las trepidaciones de su lengua que debió suspender las clases, porque las letras del álgebra le salían repetidas y los alumnos nunca acertaban con el resultado de los teoremas.

Como no estaba en condiciones de hablar con nadie, aprovechó para seguir escribiendo la historia de la niña que caía en la ratonera, pero cuanto más cerca estaba del final, más se le desvanecía la imagen de la hija segunda y en su lugar asomaba, con la fragancia de los tiempos felices, el perfil de Dolly Haze.

Sólo para no decepcionar al decano esquivó la tentación de abandonar la historia en cualquier punto. En las últimas páginas, los sentidos del texto se le salían de madre con facilidad. Para domesticarlos, los dibujaba. Pronto tuvo que renunciar también a ese consuelo, porque la cara de la heroína, que debía calcar los rasgos de la hija segunda, se le fue volviendo igual a la de Dolly.

Un día sintió el final en la punta de los dedos. Escribió: Qué piensas tú, cuál piensas tú, *which do you think*. Y subrayó: *you, you*. Quería que el cuento acabara con un mensaje cifrado a la pequeña Lolita. Ensayó un acróstico para el colofón, pero le salió demasiado explícito: "Dime, Dolores Haze, dónde te has ido / O te destriparé con mis rugidos". Explícito e indigno. Tras algunas vacilaciones, incurrió en un poema de abecedario y también fracasó. Pensó entonces en un sueño de amor que había tenido cuando se instalaron juntos en Christ Church. Lolita era una gata y lo traicionaba con el rey rojo del juego de ajedrez. El Reverendo se vengaba seduciendo a la reina. Al despertar, se divirtieron mucho con la historia. "Consideremos quién soñó todo eso", dijo Dolores. "Sólo podemos haber sido tú o yo. Yo fui parte de tu sueño, por supuesto. Pero tú también fuiste parte del mío." "O el rey rojo pudo habernos soñado a los dos", había bromeado el Reverendo. Y aún desnudos, sin mirarse, tuvieron nostalgia del amor que no podían hacer.

De modo que, al fin, el cuento terminó con una pregunta: "¿Quién piensas tú que tuvo el sueño?"

Mientras escribía el último signo, el Reverendo se ilusionó con la idea de que Lolita, al leerlo, volvería a casa. La imaginó al otro lado del Atlántico, en Ramsdale o en los islotes del Potomac, con el libro en las manos. "¿Quién piensas tú que nos soñó, Dolores?" Se la figuró encaramándose a una goleta y regresando a Oxford. La sintió entre sus brazos. Era en vano.

Tal como el decano había pronosticado, el libro del Reverendo tuvo un éxito fulminante. Hasta la reina Victoria declaró en público su admiración. Un famoso dibujante de Londres se ocupó de las ilustraciones. A pedido del autor, impuso a la heroína los largos cabellos rubios y los ojos sombreados de Dolly. En algunas estampas, ella flotaba envuelta en vapores, tal como había sucedido en Eastbourne, cuando la vieron por primera vez.

El Reverendo, a quien la fama deparó otras amigas impúberes, solía pasar los veranos en Whitby enseñándoles a desenredar palabras. Consiguió fotografiar desnudas a treinta o cuarenta niñitas con autorización formal de los padres. Inventó para Isabella Bowman un juego matemático que le permitía besarla y abrazarla doce horas al día durante veintitrés semanas sin contar los domingos, lo que daba una suma de dos millones de besos, a razón de veinte por minuto.

Nada lo distrajo de la ausencia de Lolita salvo la vejez, que le llegó de repente.

Seguía temiendo a las corrientes de aire, pero sólo por los recuerdos que podían arrastrar. Ya no quedaba ninguna que le hiciera mella.

Cuando el Reverendo empezó en Guildford el sermón de Navidad, aparecieron de pronto unas brisas amarillas flotando sobre las cabezas de los fieles. Las brisas rozaban la luz de los faroles incandescentes y se alejaban temblando. Tenían un aspecto párvulo y atontado, y parecían estar allí por equivocación. Para colmo, no había un resquicio por el que pudieran marcharse. Debían ser jóvenes de verdad (las brisas adultas son grises), y traían un perfume silvestre, campesino, el olor que las cavidades del sexo tienen cuando salen del agua.

En los periódicos de Guildford y aun en los de Londres, hay abundantes glosas del sermón y del incidente que lo interrumpió. Seguiré el relato del *Times*, que es el más cauteloso.

El Reverendo tardó un buen rato en hablar, acaso porque el silencio era mucho y no encontraba la fórmula adecuada para romperlo. Por fin, cuando se decidió, dijo una trivialidad:

"Le hemos pedido un corazón a Dios para amarlo y temerlo. Es lo normal."

Se distrajo luego explicando los dos signos contenidos en toda palabra normal: el signo del no y el signo del mal. Agotó el no, enumerando las teorías sobre las negaciones del amor y la ausencia del amado. De ahí al mal no había sino un tranco de ciego. El sermón naufragó en el aburrimiento.

Citaré al *Times* en este punto: "La atmósfera del templo se había tornado irrespirable y uno de los sacristanes tuvo a bien entreabrir la banderola situada a la derecha del púlpito. El Reverendo desplegaba uno de sus famosos juegos de lógica, a los que él bautizó como 'cadenas de significados'. Recuérdese la conversión que hizo de la palabra 'caballo' en 'hierba' mediante la simple alteración de una letra en cada tránsito. El juego fue publicado por el *Punch* el 27 de mayo de 1879. Aquí lo reproducimos con su permiso:

HORSE
house
rouse
route
routs
bouts
boats
brats
brass
GRASS

"En el sermón de Navidad, los trueques de las letras fueron más chatos. El Reverendo pasó de 'rebaño' a 'pecado' y de 'norma' a 'mosca'. Adviértase la fragilidad en que había caído su noble imaginación. En ninguno de los dos casos, pudo modificar las vocales.

"Al llegar a la palabra 'mosca', lo acometió un estornudo. Hizo el ademán de cubrirse la nariz con un pañuelo, pero se lo impidió un súbito mareo. Antes de caer desvanecido, tartamudeó. Emitió un pedido de auxilio que no fue bien interpretado. El vicario creyó haber oído: 'La bronquitis ha vuelto. Tengo muchos dolores. No me dejen morir'. Nuestro corresponsal en Guildford, que asistió al oficio desde un banco situado al pie del púlpito, ha informado que la frase fue, sin embargo: 'Es Lolita. Ha vuelto. Dolores, mi Lolita. No la dejen partir'."

Tal como apunta *The Times*, el sermón había derivado hacia el aburrimiento. Una vez en el púlpito, el Reverendo parecía desvestido de su imaginación, asustado, como si estuviese viviendo sólo con la mitad de lo que era.

Para salir del paso, recurrió a las cadenas de significados que tan bien dominaba, lo que produjo bostezos y suspiros en las señoras. Esos trajines del aire multiplicaron el número de brisas. Eran tantas que se las veía caer en el polvillo de las alas, como a las mariposas. Una de las brisas se posó en la nariz del Reverendo. Por su languidez, la brisa parecía un sentimiento. El orador había partido de la palabra "norma" y estaba llegando a "mosca" luego de pasar por "horca". Pero la impertinencia de la brisa en la nariz lo puso incómodo. El sermón se le desordenó.

Los fieles perdieron la calma y se pasaron comentarios malévolos de mano en mano.

En aquellos tiempos, no se sabía que, por su naturaleza, las brisas están siempre alertas a las distracciones de la gente. No bien advierten que hay más de una distracción, forman un enjambre pulposo como mermelada y atacan, con más saña que las corrientes de aire. Eso fue lo que sucedió en la iglesia de Guildford. Las brisas confundieron sus naturalezas en una sustancia única y, elevándose hacia la balaustrada del púlpito, encararon al Reverendo.

Al oír las voces de auxilio que el *Times* recoge en sus dos versiones, el vicario corrió hacia el noble varón, que se había desplomado. Con el sacristán y otros dos caballeros, lo trasladaron en camilla hacia la mansión de la familia. Ardía en fiebre. Se podía oír el resoplido de las mucosas en los bronquios, hinchándose. Nadie volvió a ver a las brisas, pero eso no es extraño, porque los fieles se desbandaron al interrumpirse el sermón, y los bandazos de aire borraron todas las huellas.

Si bien era fácil adivinar que tras el enjambre de brisas sólo podía estar la mano rencorosa de Dolores Haze, llama la atención que el Reverendo la hubiese reconocido de inmediato y que, aun malherido por ella, rogase que no la dejaran partir.

Las dos terribles semanas que siguieron al incidente aclaran, siquiera en parte, ese enigma de amor.

Si bien la bronquitis no cedió, el Reverendo se levantaba un par de horas al día y luchaba contra el sopor de la fiebre dibujando laberintos y crucigramas. La víspera de Año Nuevo, previendo que otro ataque de Lolita le resultaría gozoso pero fatal, verificó personalmente la temperatura de los termómetros repartidos por la casa, mandó sellar las banderolas de los cuatros y, aun privándose de contemplar el hundimiento de las praderas de Surrey en el blanco asfixiante del invierno, cruzó las ventanas de su dormitorio con maderos tiznados, que no sólo ahuyentan los desarreglos del aire sino que también los exorcizan.

Escribió el inventario de las cosas que había amado y de las que ahora descreía, porque habían sido fugaces y tal vez fueran irreales:

Las imágenes impresas en los rollos de celuloide de la casa Eastman.

Un bote navegando por el Támesis rumbo a Eynsham.

El planeta Uranus tal como se veía en el telescopio de sir John Herschel.

La inscripción "Sur Anus" en la punta del telescopio.

Los cuadros de Hyeronimus Bosch que se parecían a los dibujos de John Tenniel. Y viceversa.

Las sonatas de Beethoven que se parecían a los sonetos de Shakespeare.

El cono de sol macizo que había abrumado a Dolly en la playa de Eastbourne.

El nido de golondrinas de Dolly. El perfume del nido. Las pelusas del perfume.

El juego de lógica que Aquiles aprendió de la oruga Tortuga en el país de Aquí Es: "Las nueve cosas amadas que son iguales a una décima son iguales entre sí".

El 5 de enero supo que su cuñado Charles Stuart Collingwood había muerto de un ataque al corazón. Se quedó en vela toda esa noche, oyendo cómo rondaba la muerte. Sintió que a él también le llegaba el fin y que nadie lo esperaba en la otra orilla del río. Vamos siempre demasiado lejos y, cuando ya estamos allí, en el lejos, descubrimos que nunca nos hemos movido.

Escribió a Stuart, el sobrino favorito, una carta que debía ser abierta diez años después de su muerte.

Ordenó que la mansión de Guildford, llamada The Chestnuts en homenaje a los espléndidos castaños del fondo, se llamase The Chestcold para celebrar la gloria del último catarro bronquial.

Dejó inconcluso un poema de abecedario. Lo encontraron días después en el prostíbulo de Guildford, desgarrado por las corrientes de aire:

A cepta de mis bronquios doloridos
B sos no de caverna sino de ala
C deme a cambio la sonrisa rala
D esos pechos que luces tan erguidos
E ilumíname, Dolly, los latidos.

El 14 de enero se levantó sin fiebre. Afuera brillaba un cono de sol impenetrable como el diamante. Su hermana Frances, a cuyo cuidado estaba la temperatura de los cuartos, advirtió que en el dormitorio del Reverendo hacía más calor que de costumbre. El enorme termómetro que colgaba del techo marcaba, sin embargo, cero. Frances convocó al boticario que había marcado la escala de los grados en el tubo de mercurio y, aunque el buen hombre se afanó calentando el tubo con un mechero, la marca siguió en su quicio. El Reverendo, que había observado con impaciencia la operación, insistió en que el problema no era de física sino de lógica. Pese a las protestas de Frances subió a una escalera, acarició el bulbo terminal del termómetro como si fuera un pezón, y el mercurio trepó en el acto hasta los veinticinco grados.

"¡Ya lo decía yo!", se jactó el Reverendo. "Lo que pasa es que algunos termómetros se distraen lamiendo chocolate."

Al llegar a la última sílaba, palideció. Se llevó las manos a la nuca. Frances lo vio debatirse contra una oscuridad sin fin que le rodeaba el cuello y que se movía como una exhalación entre los pantalones. Cuando el Reverendo cayó del tope de la escalera ya estaba muerto.

Apéndice

La carta que el Reverendo escribió a su sobrino Stuart el 5 de enero de 1898 fue abierta en Christ Church, Oxford, a fines del invierno de 1910, en presencia del nuevo decano, del vicario de Guildford, del propio destinatario y de sus tíos Elizabeth, Louisa, Skeffington y Edwin. La señora Alice Hargreaves asistió como invitada especial. El mensaje que contenía era breve y en más de un sentido indescifrable:

"Mi querido Stuart,

"Ahora que la muerte de tu padre te ha convertido en jefe de la familia, cuenta con todo mi amor y simpatía.

"Ya antes del infausto golpe que has recibido pensaba confiarte lo que vi en el púlpito de la iglesia de Guildford la pasada víspera de Navidad, durante mi sermón. Si ahora importuno tu dolor con mi revelación es porque no puedo esperar.

"Debes saber, contra lo que suponía el vicario, que no fue la bronquitis lo que me desmayó en la iglesia sino el amor. ¡Todo sucedió tan rápido! Yo estaba llegando al punto cardinal del sermón cuando reapareció ante mis ojos, querido sobrino, la corriente de aire que durante más de treinta años creí perdida. El cuerpo de aquella dulce niña vino a mí dividido en ejemplares raros de mariposas hembras pertenecientes a la especie *Lycaeides sublivens Nabokov*, cuyos estambres puedo, como sabes, identificar de inmediato.

"Por una parte vi lo que tú llamarías, con propiedad, el cuerpo: las pestañas, las uñas de los pulgares, las tetitas nacientes, el moretón del hombro que le produjeron no sé si la guerra de Secesión o un partido de tenis que perdió en Elphinstone, Colorado. Y estaban por otro lado los sentimientos que le había ido dibujando el tiempo sobre las alas amarillas: sus demoledores celos, querido Stuart, y la pasión que aún sentía por mí y que yo había derrochado.

"Aunque cuando la vi se me despegó el ser, y sentí con cuánta facilidad yo hubiera podido corregirme como persona en cada instante de la vida, desviando una partícula de mí hacia otra parte, hasta ser algún día otro por completo, ni siquiera en ese instante de lucidez fui capaz de mudarme a su naturaleza etérea como, años atrás, ella se había mudado a la mía; no pude ser Dolores (pues tal era su nombre) ni acompañarla al otro lado de los espejos, ahogándome en mis lágrimas. Si convivimos con nuestros sueños, querido Stuart, ¿qué nos impide quedarnos para siempre adentro de ellos?

"No te abrumaré más, sobrino. Dentro de diez años, cuando llegue el momento de abrir esta carta,

creo que ya tú y el mundo estarán en condiciones de
verificar si el trío de proposiciones en forma de silo-
gismo que anotaré a continuación tienen una conclusión correcta:

”Un emigrado ruso nunca muere de amor.

”Lolita ha muerto de amor.

”Lolita no era un emigrado ruso.

”¿O quizá diez años son demasiado poco?
¿Quizá se necesitarán cincuenta?”.

Historia de la mujer que baila sin moverse

Al principio supuse que era el azar. Todas las veces que debo tomar en Penn Station el tren de las 17.24 que va de Nueva York a New Brunswick, una mujer calzada con zapatillas de ballet se abre espacio entre la muchedumbre que corre hacia el andén y, una vez allí, gira dos veces sobre sí misma, en puntas de pie, y se desvanece en la nada.

La mujer lleva abrigos pesados en invierno y batas largas de algodón en verano. Advertí de entrada que era uno de los escasos residentes fijos de la estación, y un agente del servicio de vigilancia me lo confirmó hace algunos meses. Después de la medianoche, le permiten tender su bolsa de dormir junto al kiosco de revistas o bajo el toldo de alguno de los restaurantes, y la despiertan a las seis de la mañana, antes de que llegue el inmenso flujo de empleados que vive en los suburbios.

El domingo 25 de febrero la vi repetir su danza ritual y me di cuenta de que ya no se trataba del azar sino de una laboriosa, inevitable rutina. No habría más de cincuenta personas esperando el tren de las 20.32. Cuando en el enorme tablero que domina el centro de la estación apareció el número del andén, ocho minutos antes de que el tren saliera, la marejada empezó a moverse con una lentitud de crepúsculo. De pronto vi que la mujer echaba a correr desenfrenada, ansiosa, como si le fuera la vida en eso. Calzaba las habituales zapatillas violetas de su baile, ahora desfiguradas por parches de otros colores, y sobre la falda escocesa de los inviernos llevaba un tutú de gasa, almidonado como una corola de Walt Disney. Descendió con saltos de arabesco por las escaleras que llevan a los laberintos del andén, repitió allí su pirueta y otra vez se desvaneció en la sombra.

Decidí perder el tren y subir a buscarla. Los personajes solitarios que tienen el privilegio de refugiarse en la estación jamás hablan con extraños y rara vez se comunican entre sí: lo hacen sólo para pelearse por los espacios. La encontré al pie del tablero, observándolo con impaciencia, como si estuviera por viajar. En ese instante adiviné que no bien apareciera el número del andén, saldría corriendo y volvería a bailar; tuve la absoluta certeza de que su danza se repetía a toda hora, antes de la salida de todos los trenes.

Aunque la había visto infinitas veces, fue en esa tarde de domingo cuando la vi de veras por primera vez. Sólo se sabe cómo son las personas y las cosas cuando uno las ve por segunda vez, pero para que revelen su naturaleza profunda, esa segunda mirada tiene que ser más inocente y asombrada aún que la primera. La contemplé sin disimulo. En Estados Unidos, eso puede ser peligroso, ofensivo. Mirar fijo es una manera de invadir la intimidad del otro, pero no me importaba. Me pregunté cuál sería su edad. Tal vez ni ella misma la sabe. Debe andar entre los treinta y los sesenta, quizá mucho más, o menos. El pelo, largo y veteado de canas, está recogido sobre la nuca con uno de esos broches dentados de plástico. Le faltan las muelas, pero los incisivos y caninos están intactos y sin manchas. Aunque lleva las piernas siempre cubiertas por una malla gruesa de color ceniza, se nota que debajo hay un delta de várices. Me pareció un milagro que, aun ofendido por esos nudos y raíces, su cuerpo tuviera la valentía de bailar.

Me acerqué a ella con toda la delicadeza que pude y le pregunté si podía ayudarme a escribir una historia. "¿Qué historia?", dijo, a la defensiva. "*Su* historia", le respondí. "No he visto a nadie hacer lo que usted hace." Se echó a reír, mostrando sus encías desoladas. "Ay, ay", suspiró. "Entonces usted nunca se ha fijado en lo que hace aquí la gente, en la estación." "Vea a su alrededor", me dijo, extendiendo los brazos. "Vea estos cientos de personas inmóviles, estudiando la pared negra del tablero a la espera de que aparezca el número de un tren, la señal de que ya pueden irse. Fíjese en lo que pasa cuando salen corriendo. Es un ballet, ¿no? Una coreografía, un teatro invisible." "Sí, es como un musical de Broadway", confirmé yo, por decir algo. "Una telenovela."

A regañadientes aceptó que comiéramos un sándwich en uno de los restaurantes de la estación. Eligió con cuidado el que prefería. "Allá no, porque no van a querer servirme", dijo. "En ese otro tampoco, porque ahí me regalan las sobras. Aquel tercero es el mejor. Es nuevo. Los del turno de la mañana me dan café pero los de la noche no me conocen."

Cuando nos sentamos a la mesa, ella aprovechó para cambiarse las zapatillas de baile. Llevaba tres o cuatro en una bolsa de plástico, todas violetas, todas con rasgaduras y parches. Le dije cuál es mi nombre y le pregunté por el de ella. No me lo quiso dar. "Si escribe algo, llámeme sólo Rhina, la de Penn Station", dijo. "Fui bailarina, conozco el mundo, pero ahora no puedo moverme de aquí".

Durante los diez o quince minutos que duró el sándwich logré conocer fragmentos de su historia, pero son tan dispersos, tan difusos, que no se puede armar con ellos ningún cuadro. Su madre le enseñó a bailar alguna vez, en un pueblo de Georgia. Estuvo seis meses en el coro del New York City Ballet. Conoció a un hombre. Dejó el baile por él y luego también el baile la dejó a ella. La tarde en que debía regresar al New York City Ballet para su última oportunidad de trabajo, se cayó en la estación del subterráneo y se rompió el fémur izquierdo. Estuvo un par de días en el hospital y luego desembarcó en la calle. Descendió por las escaleras mecánicas de Penn Station en muletas, una mañana de agosto de 1998, y pidió amparo a uno de los guardias. Desde entonces no se ha movido de allí. Si se moviera, perdería su lugar, porque algún otro desvalido se lo arrebataría para siempre.

Hace ya un año, cuando Rhina sintió que sus piernas eran otra vez ágiles, intentó dar algunos tímidos pasos de baile en el hall central de la estación. Por los parlantes se está difundiendo siempre música de Bach, de Vivaldi, de Corelli —la misma que los médicos usan en los quirófanos, porque la repetición infinita ya la ha tornado inocua—, pero por alguna distracción de las computadoras se oyó un fragmento de *Cascanueces* y Rhina decidió que si no bailaba en ese instante no lo haría nunca más. Apenas intentó algunos movimientos de gimnasia con los pesados zapatones de goma que llevaba entonces, los guardias le llamaron la atención y amenazaron con expulsarla. Entonces ella les hizo ver la inmensa marea de gente agitada que descendía hacia los andenes y les pidió permiso para hacer lo mismo. "Si eso es lo que se hace aquí, ¿por qué yo no puedo hacerlo?"

Un oficial del Ejército de Salvación le consiguió las primeras zapatillas de baile. Un pasajero que hace viajes frecuentes a Princeton le regaló el segundo par. Encontró el tutú de gasa y el tercer par de zapatillas la noche del último Año Nuevo en un cesto de basura. La única ilusión de la vida de Rhina es montar alguna vez un ballet en el que cientos de personas, inmóviles ante el tablero negro con los horarios de los trenes, salga corriendo de pronto en infinitas direcciones. "No necesito imaginar la coreografía", me dijo. "Eso ya está a la vista aquí, a cada instante. Tengo cientos de coreografías posibles, y todas, en el escenario de un teatro, serían inolvidables." Le pregunté por qué no huía de su refugio ciego, donde jamás ve la luz del día, y probaba suerte en el mundo. "Yo nací para el movimiento", me respondió, "y sólo en esta realidad que nunca se mueve me siento segura".

En ese momento anunciaron el siguiente tren para New Brunswick y salí corriendo detrás de la marea de pasajeros, en busca de esa otra realidad que siempre se está moviendo. Afuera, en los campos por los que corría mi tren había luz, mucha luz. Pensé que, sin embargo, todo lo que se veía era sombra y que tal vez la verdadera luz estaba en el pequeño, encerrado y repetido mundo de Rhina, la de Penn Station.

Mary Anne Jacus

En los valles de Tucumán, donde pasé los veranos de la infancia, conocí a mucha gente que se despedía porque ya le faltaba poco para morir. Al primero que vi de cuerpo presente, sin embargo, lo llevaban de una casa a otra cerca de Hualfín, en la provincia de Catamarca. Era un hombre de aspecto saludable, llamado Avemar Barrionuevo, que se había mandado hacer un ataúd a medida, con imágenes de santos talladas en la madera. Cuando se lo entregaron en la funeraria, lo llevó a su casa, se vistió con el traje negro que iba a estrenar en el otro mundo, y se quedó acostado para siempre en esa cama final, a la espera del último día. Allí lo alimentaban y lo auxiliaban en otras urgencias, mientras la ropa de lujo y luto que llevaba se le dañaba con la espera. Años después pregunté por él y nadie supo decirme cuánto había durado.

Tal vez por ese recuerdo de infancia me conmoví al oír que la señora Mary Anne Jacus había ofrecido una gran fiesta de despedida a sus amistades antes de caer fulminada por un cáncer de páncreas, y la llamé por teléfono para conocerla. Me recibió un domingo en su casa de North Brunswick, en New Jersey.

Me contó que a fines de julio pasado sintió un extraño decaimiento, pérdida del apetito y ciertas molestias en la digestión. El médico clínico al que acudió le ordenó varios análisis de sangre y, después de verlos, una tomografía computada. El diagnóstico fue desolador. Mary Anne, de 51 años, que vivía sola con su hermana Helen y un gato llamado Cuddle —es decir, *Abrazo*— tenía un sorpresivo tumor en la cabeza del páncreas y una metástasis que afectaba el hígado y el aparato digestivo. En uno de los hospitales universitarios de North Brunswick confirmaron la fatalidad y le anunciaron que disponía, a lo sumo, de seis meses de vida.

La historia se parecería a miles de otras si no fuera porque Mary Anne decidió esperar la muerte con genuina curiosidad. Entregó a Cuddle en adopción e hizo una lista de todas las personas que le habían enriquecido la vida, desde el bibliotecario que le recomendó la única novela de J. D. Salinger y la optometrista que le habló por primera vez de la *Séptima sinfonía* de Beethoven, hasta el marido del que se divorció en 1987 porque ambos descubrieron, a la vez, que habían dejado de amarse.

Invitó a todos a una fiesta para celebrar su muerte, en la cual anunció, con voz apagada, que había decidido irse de este mundo con los ojos abiertos. "He llevado una vida feliz", dijo, "y, como he sido una mujer de buenos modales, no quiero retirarme de la escena sin saludar. Además, no les niego que siento mucha curiosidad por saber cómo son las cosas allá, en el otro lado".

Como la fiesta sucedió durante uno de mis viajes, al regresar llamé a Mary Anne por teléfono para que me explicara con más detalle qué significaba morir con los ojos abiertos. Me respondió que estaba muy débil y que no deseaba ver a nadie. Sobre todo, deseaba que nadie la viera. Aceptó hablar conmigo por teléfono de vez en cuando, y desde entonces hasta el sábado 15 de octubre mantuvimos conversaciones periódicas que duraban entre diez minutos y media hora.

Uno de nuestros temas fue el teólogo sueco Emanuel Swedenborg, que pasó la mitad de la vida conversando con los espíritus. Un impreciso día de 1771 Swedenborg sintió que le faltaba poco para morir. Vaticinó la fecha en que sucedería y se preparó para el tránsito con lucidez. Hizo un último viaje desde Estocolmo a Londres, aguardó a que su tratado *La verdadera religión cristiana* estuviera impreso, y el 29 de marzo de 1772, a las cinco de la tarde, despertó de una larga siesta en compañía de una criada y dos de sus discípulos. "¿Son ya las cinco?", preguntó, de buen humor. Le respondieron que sí. "Ha llegado la hora, entonces" dijo. "Les doy las gracias por todo. Que Dios los bendiga." Y sin más comentarios, murió en ese instante.

Mary Ann me dijo que casi todos los hombres imaginan la muerte con temor, salvo aquellos que la esperan. Me contó que, meses antes de que le diagnosticaran el cáncer fatal, había leído por azar, en la sala de espera del dentista, fragmentos de una entrevista a Marguerite Yourcenar en la que se hablaba de morir con los ojos abiertos. Jamás había oído mencionar a esa escritora y no tuvo tiempo después para averiguar demasiado, pero lo que había leído era suficiente. Yourcenar, me dijo, quería morir en un estado de plena lucidez, después de una enfermedad muy lenta, para no perder una experiencia que le parecía esencial. "No tenemos mucha idea de cómo son las cosas cuando nacemos", me dijo mi vecina con una voz que era más bien un suspiro. "¿Por qué cerrar los ojos, entonces, cuando llegamos al otro extremo?"

"No perder una experiencia esencial": ésa era la clave de lo que pensaba Mary Anne. El cuerpo organiza sus eclipses, la naturaleza facilita el tránsito al trabajar pacientemente en su propia degradación, la carne apaga sus luces y deja desvanecer poco a poco las propias fuerzas, sólo para que la muerte venga a instalarse. Le hace un lugar en la cama a la muerte, como si ella fuera un amante que también está en busca de reposo. Donde quiera un ser humano impone la muerte a otros seres humanos está violentando ese derecho elemental.

Ciertas luchas son sagradas para las personas de bien: las luchas contra la opresión, la tortura, la miseria, la censura, el crimen, los abusos físicos o morales. A nadie se le ha ocurrido luchar, además, para que cada ser humano viva en calma su propia muerte. Cuando Mary Anne me dijo que ése era el sentido de morir con los ojos abiertos, lo entendí. Su idea era reclamar el más inquebrantable de todos los derechos: aquel que un ser humano tiene a conocer la suprema experiencia, que no puede ser reemplazada por todas las lecturas ni por todas las músicas del mundo.

Su fiesta de despedida, por lo tanto, no sólo era un acto de gratitud sino también un pedido de auxilio: que nadie la molestara, que se le permitiera aprender hasta los detalles más ínfimos de su propio fin. A mediados de octubre, cuando regresé de un viaje de dos semanas y la llamé por teléfono, me dijo que ya no tenía fuerzas para levantarse de la cama. Decidí no molestarla más.

Pasé un par de veces cerca de la pequeña casa donde vive con su hermana, en North Brunswick. Por fuera se parece a todas: listones laterales de zinc, dos ventanas a la calle en la planta alta, las bocas de luz del sótano a ras del piso. El pequeño jardín de adelante estaba descuidado, cubierto por las hojas del otoño, y por la noche vi sólo una luz lánguida en la cocina.

El sábado 30, Helen, la hermana, me pidió que fuera a ver a Mary Anne. "Quiere contarle algunos detalles de la fiesta final", me dijo. "Usted le preguntó, y ahora está lista para contestar." Acordamos que la visitaría el domingo a las dos y media de la tarde. Por la mañana temprano recibí una llamada de la persona que había adoptado a Cuddle, el gato. Me contó que Mary Anne se había agravado durante la noche y que estaba en la terapia intensiva del hospital. "Los médicos no creen que viva hasta mañana", dijo.

Al caer la noche, antes de sentarme a escribir estas líneas, fui al hospital a preguntar por ella. Ya era tarde. No habría velatorio ni funeral, me advirtieron. Mary Anne quería partir en silencio. Recordé la calidez de su voz, el cuidado con que separaba las sílabas al hablar, la discreción con que se movía entre la gente, inadvertida. Y deseé que se hubiera encontrado con la muerte tal como ella lo deseaba: mirándola de frente, con los ojos muy abiertos.

El lugar

De nuevo se les había pasado la Navidad sin que pudieran encontrar un lugar. Llevaban años buscándolo, pero el lugar se les mostraba siempre esquivo y remoto. Eran cinco personas en la familia: Padre, Madre, la Hija, y dos Hermanas que tanto podían ser de Padre como de Madre. Las Hermanas en verdad no eran de nadie. Estaban con ellos por falta de lugar.

Con los movimientos del tiempo, no tenían confusiones: los días iban y venían, las estaciones pasaban de largo con sus hileras de golondrinas y de pensamientos. Pero los lugares los desconcertaban. A ciertas personas les sobraban tanto los lugares que ni siquiera sabían en cuál ubicarse, y cada vez que Madre les había escrito, proponiéndoles hacerse cargo de algún lugar inútil, las cartas no les llegaban. Madre era una ilusa. ¿Cómo podían las cartas desplazarse de un lugar a otro si donde Madre estaba no había ninguno?

De vez en cuando, entre las ráfagas de la tarde, Padre se acordaba de la casa vacía a la que habían llegado años atrás, cuando la Hija era una recién nacida. En la casa sonaban rápidos temblores de música, en los que Madre creyó ver un presagio del frío. No se trataba de frío sino de música que pasaba después de haber perdido su lugar. Los pájaros daban picotazos feroces en los cristales de las ventanas y los gatos saltaban para acallarlos. Nadie sabía muy bien cómo se estaban moviendo las cosas afuera, yendo de un lugar a otro en parajes donde ya se había extinguido hasta la noción de lugar y sólo quedaban las cosas flotando en el puro tiempo. Pero la casa, la casa. ¿Qué más podían desear estando al fin en el vacío, en el enorme no de la casa?

Una mañana, la casa se retiró de lo más callada, llevándose a Madre y a una de las Hermanas. Todo había sucedido con naturalidad. Cuando los lugares se iban, nada llegaba a cambio. A las cosas que uno conocía se les daba por apagarse y una vez apagadas se les perdían el sonido, la tibieza, las adherencias del recuerdo. Costaba averiguar cuándo habían andado por allí o cómo eran. Tal vez algunas vidas y deseos se iban para encontrar un lugar, pero cómo saberlo. Al otro lado nada se veía.

Padre quería desprenderse de la Hermana, y confiaba en que también ella se apagara rápido. Pero la Hermana se tomaba su tiempo. En ciertos momentos, a la vida se le daba por tardar y no había forma de apartarla de su torpeza. Un día, por fin, Padre oyó hablar de un lugar sin dueño que estaba a la intemperie. Qué importaba. Era un lugar. Padre se desplazó hasta allí con sumo cuidado, escurriéndose por los intersticios en los que nadie podía quedarse. Cuando por fin llegó, vio una fila de personas que esperaban. Todas querían el lugar y se miraban con odio.

"Si encuentro algo que valga la pena", pensó Padre, "dejaré entrar a la Hija. No será la primera vez que dos personas ocupan el lugar donde cabe una sola. Pero a la Hermana no le diré nada. La Hermana ya me tiene colmado". No bien lo pensó, se dio cuenta de que él mismo era un lugar, algo que podía ser llenado por las felicidades y las malas suertes, por los viajes y los viajeros y las lluvias del invierno que desde hacía tanto tiempo carecían de lugar donde acampar y a los que ningún hombre recordaba ya y en los que tampoco pensaba porque hasta el lugar de los pensamientos se iba apagando.

Entonces Padre decidió quedarse donde estaba, quieto para siempre, dejando que la vida de los demás llegara a él y se fuera, que las personas le fueran pasando sin darse cuenta, como desde hace mucho sucede con los lugares.

Nota posliminar

"Quiero escribir un cuento sobre el tío Eduardo", me dijo mi padre una tarde de junio de 2008 antes de relatarme con esmero escénico los pormenores de la historia que empezaba a imaginar. Estábamos en Boston, donde lo había acompañado para uno de sus tratamientos médicos y aprovechamos el viaje para trabajar en la corrección de su última novela, *Purgatorio*. Mientras yo revisaba el manuscrito, él mantenía caliente el brazo puliendo viejos relatos a los que volvía una y otra vez con la melancolía de quien siente que se le escapa la vida. Aunque atrapaba sus ideas en el caos de apuntes de sus libretas Moleskine, a veces las compartía en voz alta.

Como aquella tarde en Boston que me quedó grabada como en una fotografía sin tiempo: él sentado frente al escritorio mínimo de un departamento de paso, con una lámpara minusválida alumbrando con penumbras su computadora portátil, concentrado en una frase o una palabra mientras me observaba de reojo pasar las páginas de su manuscrito, lápiz en mano. Cuando advertía que yo subrayaba algo, me preguntaba: "¿Qué encontraste?". Y abandonaba sus cuentos para debatir mis observaciones y retomar la corrección final de su novela.

Un par de años después, cuando comencé a poner en orden los archivos de su computadora, encontré una carpeta etiquetada con el nombre de "Cuentos". Ahí estaban la mayoría de los que integran estas páginas, algunos con hasta tres o cuatro versiones actualizadas. Muchos ya los había leído, porque fueron apareciendo en diversas publicaciones a lo largo de los años. Luego, cuando les tocó el turno a los archivos de papel, descubrí con emoción otros inéditos, escritos a máquina y con las correcciones a mano de su letra minúscula. En todos los casos, tomé la última versión como la definitiva. Al principio de uno de esos relatos —"El lugar", quizás el más breve de todos—, di con el hallazgo de estas palabras preliminares:

"Escribí varios de los breves textos que siguen en una casa de Campo Claro, en Caracas, entre 1979 y 1982. En esos años, empecé a temer que jamás podría volver a mi país y el exilio se me tornó intolerable. Me sentía atrapado dentro de un ser que no era el mío, en casas y paisajes fugaces donde nada perduraba. De esas confusiones, nacieron algunos de estos ejercicios narrativos, que también aspiraban a la fugacidad. Me parecían entonces meteoritos desprendidos de un planeta en ruinas, aunque nunca supe qué significaban ni cuál era el planeta. Treinta años después, sigo sin saberlo. Hace ya mucho que quiero alejarme de ellos y no encuentro otro modo que dejarlos caer aquí, en tiempos y lugares en los que todo les es ajeno pero en los que conservan al menos su condición original de fragmentos desorientados".

La fecha en que estaba grabado el documento, junio de 2008, me alborotó los recuerdos. Durante sus últimos meses de vida, habíamos hablado de un par de libros que quería hacer con sus ensayos sobre escritores y otro con algunos de los artículos periodísticos que esperaba rescatar de los fosos del olvido, pero no volvimos a mencionar sus cuentos. Quizás porque ambos sabíamos que me estaba proponiendo ayudarlo en proyectos que una enfermedad insolente no le permitiría cumplir. En Boston, había empezado a imaginar otro libro —este libro— que ahora me propuse reconstruir para regalárselo —junto con sus otros seis hijos— en los 80 años que hubiese cumplido el 16 de julio de 2014.

Aunque se trata de su primer y único volumen de cuentos, algunos llegaron a los lectores por diferentes caminos o permanecían extraviados en hemerotecas dispersas. Tal es el caso de "Confín" (1979), publicado por primera vez en el diario *Últimas Noticias* de Caracas el 5 de setiembre de 1982, lo mismo que "Exilio" (sin fecha), que salió en ese mismo periódico el 20 de noviembre de 1983; "Vida de genio" (1980), en *La Nación* el 4 de abril de 2006; y "El lugar" (1980), en *Clarín* el 29 de abril de 2006. Con excepción de "Exilio", los otros tres relatos fueron incluidos a su vez en la antología *La otra realidad* (Fondo de Cultura Económica, Colección Tierra firme, 2006).

En aquella carpeta de "Cuentos" en su computadora, él también había guardado "Purgatorio (relato)" que dio a conocer en el diario *El País* de España el 18 de agosto de 2002 y al que había titulado originalmente "La puerta de Europa"; "Bazán", que se publicó en *La Gaceta* de Tucumán en diciembre de 2006 y que tuvo una edición en la editorial Eloísa Cartonera en 2009; "Colimba", una ficción autobiográfica que se difundió a través del *New York Times*

Syndicate en mayo de 2006 con el título de "Primavera del 55", y dos textos que publicó como crónicas dentro de ese cruce de géneros en los que reinventaba la realidad: "Historia de una mujer que baila sin moverse" (*La Nación*, 3 de marzo de 2001) y "Mary Ann Jacus" (*La Nación*, 5 de noviembre de 2005, bajo el título de "Con los ojos abiertos"). En todos los casos, he preferido conservar la reescritura y los títulos que mi padre incorporó en su última versión.

Entre los millares de documentos, manuscritos y hojas sin clasificar que dejó en sus archivos en papel, aparecieron con el brillo de una luz inesperada otros tres cuentos completos e inéditos, escritos a máquina, que nunca llegó a pasar a formato digital. ¿Los había depositado en el fondo de su memoria, traspapelados en el desorden de sus mudanzas de escritorio, de casa, de país? A todos, sin embargo, había vuelto en algún momento con sus correcciones manuscritas. El más añejo de ellos, "La estrategia del general", no tiene fecha ni indicio que permita saber en qué momento lo escribió, aunque lo más probable es que fuese también durante su exilio en Venezuela. Tiene unas pocas correcciones a mano y sus seis folios amarillentos están tipiados en una máquina con carrete de tinta; en la última, los renglones se resbalan hacia el final de la página, en un intento de comprimir el texto en una misma hoja hasta el punto final.

"Tinieblas para mirar" refleja su temprana obsesión por el destino nómade del cadáver de Eva Perón. Conservó una única copia con unos pocos agregados y tachaduras a mano. El lector atento podrá encontrar ecos de esta historia en uno de los capítulos de su novela *El cantor de tango*. En una carta de 1997 al editor Abel Gerschenfeld, comparte las andanzas de este relato: "En 1963, cuando nadie sabía en la Argentina qué había pasado con el cadáver de Evita, soñé que el cuerpo era escondido dentro de un camión de gasolina y que el camión se incendiaba. Escribí un cuento que narraba ese sueño, pero nunca lo publiqué. Su título era 'Tinieblas para mirar'. Traté de escribir la historia por segunda vez en 1979, durante mi exilio en Caracas, Venezuela, y una vez más la dejé inédita. En el invierno de 1989, cuando un ex jefe del Servicio de Inteligencia del Ejército me llamó por teléfono para decirme que él y otras dos personas habían enterrado el cadáver de Evita en Milán, Italia, y que lo habían exhumado catorce años después, en 1971, para devolvérselo a Perón, advertí que estaba condenado a escribir *Santa Evita* y que nada podría liberarme de ese destino".

En una carpeta extraviada entre otras con materiales diversos, apareció una etiquetada como "El Reverendo y las lolitas". Dentro había tres versiones escritas en máquina eléctrica —incluso una con páginas descartadas— de uno de los cuentos más largos de la serie, que finalmente tituló "El Reverendo y las corrientes de aire", y tres fechas orientadoras: 1992, 1996 y 2000.

Finalmente, se incluyen dos cuentos primerizos de los que no se conservan los manuscritos, pero sí los recortes de su publicación en 1961 en el diario *La Gaceta* de Tucumán: "Habla la Rubia" (30 de abril) y "La inundación" (28 de mayo).

Entre sus archivos, aparecieron casi una docena de otros relatos inconclusos, embriones abandonados a mitad de su gestación, y hasta apuntes de sueños que después se convirtieron en novelas, como esa página donde escribió: "Esta mañana, 10 de diciembre de 1996, antes de que me despertara por completo, me asaltó una idea que tal vez sea la semilla de un cuento o de una novela. Pensé en Idea Vilariño y en su romance con Onetti. Pensé que la mujer debía llamarse, como las uruguayas de antes, Reina. Ésta es la historia…".

Es probable que aquel cuento sobre su tío Eduardo, hermano de mi abuela, fuese una ficción verdadera: el tío era un hincha desaforado de San Martín de Tucumán, pero además era sordo y tartamudo. Aquella tarde en Boston me contó las proezas guturales que hacía cada vez que intentaba gritar un gol, y cómo se enfermaba con fiebres apocalípticas cuando su equipo era derrotado. Fue el cuento que más busqué entre sus archivos, hasta que me resigné ante la certeza de haber sido el único que lo había escuchado.

Ezequiel Martínez
Buenos Aires, mayo de 2014

Este ejemplar se terminó de imprimir en Julio de 2014,
En COMERCIALIZADORA DE IMPRESOS OM S.A. de C.V.
Insurgentes Sur 1889 Piso 12 Col. Florida
Alvaro Obregon, México, D.F.